나는 글쓰기로 설렌다.

공저   강민주 · 고정선 · 권혜진 · 길정숙 · 김도희

Contents

• 평범한 중년의 독특한 회고 9
  강민주

• 명품보다 명품 인생 25
  고정선

• 건우야, 엄마랑 일기 쓰자: 즐겁게 쓰는 일기 43
  권혜진

• 연계학습 69
  길정숙

• 브레인 트레이너가 뭐지? 85
  김도희

우리 모두는 자기 삶의 저자입니다

누군가 제게 지금까지 살면서 제일 잘한 일이 뭔지 묻는다면 저는 한 단어로 답하겠습니다. 책 쓰기. 책 쓰기는 제게 새로운 길을 선사했고, 덕분에 '내게도 이런 일이 일어날까?' 한 번도 생각하지 못했던 멋진 일들이 펼쳐졌습니다. 책 집필을 통해 삶을 바꿀 수 있음을 체험하면서 다른 사람의 성장을 돕는 책 쓰기 교육을 시작했습니다. 이 또한 책 출간이 선사한 선물입니다.

오래전 처음 책 쓰기 교육을 준비하면서 한 가지 목표를 마음에 새겼습니다. 바로 좋은 책을 쓰도록 돕는다는 것입니다. 좋은 책에 대한 절대적인 기준이 있는지는 모르겠지만, 제가 생각하는 좋은 책은 진정성을 담아 자신과 독자의 정신과 삶에 긍정적인 자극을 주는 것입니다. 좋은 책은 책과 저자가 따로 놀거나 분리되지 않습니다. 책을 쓰며 먼저 저자 스스로 성장해야 좋은 책을 쓸 수 있습니다. 책 작업과 삶이 서로에게 자양분을 제공하여 선순환을 그리며 함께 성장할 수 있도록 안내하는 게 제 역할입니다.

책 집필은 제가 알고 있는 최고의 공부법이자 자기 탐구 방법입니다.

한 권의 책을 쓴다는 건 본인의 화두 또는 절실한 문제를 풀기 위해 스스로 질문하고 성찰하고 답을 찾아가는 과정입니다. 그래서 책 쓰기는 성찰과 성장을 연결하는 다리와 같습니다. 글을 쓴다는 것은 스스로 자신과 삶의 안팎을 살펴보고 사유하고 정리하는 능동적 활동이기 때문에 이런 과정이 쌓이고 쌓여 임계점을 넘을 때 본질적 성장이 가능합니다. 이게 끝이 아닙니다. 성장은 성찰에 동기와 재료와 추진력을 더하여 더 깊은 성찰을 촉진하므로 그만큼 정신이 성숙하고 글쓰기도 넓어지고 정교해집니다. 이렇게 성찰과 책 쓰기와 성장은 선순환하며 상승효과를 일으킵니다.

저는 지금까지 아홉 권의 책을 출간했습니다. 책을 한 권 두 권 내면서 책을 쓰는 과정이 인생과 닮았음을 실감합니다. 하루하루가 모여 삶을 이루듯 한 장 한 장 글로 채워야 책이 됩니다. 모든 인생이 그 삶을 살아가는 사람을 닮을 수밖에 없듯이 모든 책에도 글쓴이의 마음과 언행이 투영됩니다. 요컨대 인생은 온전히 내가 한 단어, 한 문장, 한 페이지씩 써나가야 하는 책이며, 우리 각자는 자기 삶의 저자입니다. 때때로 스스로 묻곤 합니다.

"내 인생이 한 권의 책이고 내가 그 책의 저자라면 무엇을 어떻게 쓸 것인가?"

책을 한 권 한 권 완성하며 이 질문에 나름의 답을 하고 있다고 저는 믿습니다. 이렇게 삶은 책이 되고 책은 삶이 됩니다.

꼭 일기가 아니더라도 어떤 글을 쓴다는 건 그때의 나를 정교하게 기록해두는 일입니다. 이 기록에는 공부한 내용과 경험한 일과 가슴에 품어온 생각 등 다양한 것들이 담길 수 있는데, 그게 무엇이든 마음에 씨앗으로 뿌려지고 이내 나란 존재를 형성합니다. 특히 책을 쓴다는 건, 과거의 나에 관한 기록을 넘어 현재의 자신을 성찰하고 앞으로 만나고 싶은 나를 그려보는 길이기도 합니다. 책은 자기를 비추는 거울입니다. 유리 거울은 겉모습을 비춰주고, 책 거울은 존재를 비춰줍니다. 책 쓰기는 직접 거울을 만들어 나 자신을 갈고닦는 과정입니다. 성실히 글을 쓰고 한 권의 책으로 묶는 일이 자기를 재발견하고 자기다운 삶을 모색하는 훌륭한 방법인 이유가 여기에 있습니다.

이번에 인천광역시교육청에서 주최한 '내 인생의 첫 책쓰기' 연수는 매우 뜻깊은 교육입니다. 본 교육은 학부모를 대상으로 2개월 동안 총 8회에 걸쳐 진행했으며 회당 강의 시간은 150분에 달했습니다. 학습자들은 그저 강의만 듣는 게 아니라 매주 까다로운 과제를 붙들고 씨름했습니다. 여기에 더해 육아와 집안일까지 병행해야 했기에 더욱 만만치 않은 과정이었습니다.

그대가 손에 들고 있는 이 책은 이 모든 어려움을 극복해낸 결실입니다. 모두가 합심하여 이렇게 각자 앞으로 쓰고자 하는 책의 출간 기획서와 서문, 그리고 샘플 원고를 모아서 한 권의 책으로 펴낼 수 있게 되어 뜻깊습니다. 여기에 실은 기획서를 포함한 모든 내용은 우리 학습자 한 사람 한 사람이 치열하게 고민하고 정성껏 작성한 결과물입니다. 물론 아직 최종본은 아니어서 개선할 점이 남아있지만, 하루하루가 쌓여 삶이 되듯이 책 작업도 이렇게 하나씩 하나씩 만들어 나가는 여정입니다.

한 권의 책을 완성하는 일은 중장기 프로젝트입니다. 짧으면 수개월,

길게는 몇 년이 걸리기도 합니다. 책을 쓰는 방법은 다양하지만 변하지 않는 진실이 있습니다. 꾸준히 써야 한다는 겁니다. 교육은 이제 마무리 하지만 우리는 책 작업을 계속해야 합니다. 이 책이 우리 학습자들이 출간 동기를 되새기고 집필을 지속하는 데 도움이 될 거라 믿습니다. 아울러 본 교육에 참여하지 않았지만 책을 쓰고자 하는 분들에게도 다양한 출간 기획서를 접할 수 있는 흔치 않은 기회를 제공함으로써 긍정적 자극과 아이디어를 제공할 수 있으리라 기대합니다.

두 달 넘게 강사가 교육에만 집중할 수 있도록 배려해주시고 교육 준비를 도맡아 해주신 인천광역시교육청의 조윤경 장학사님에게 감사한 마음 전합니다. 짧지 않은 교육 기간과 많은 과제에도 불구하고, 그리고 무엇보다 부족한 강사를 믿고 끝까지 함께 해주신 모든 학습자 분들에게 진심으로 감사드립니다.

마지막으로 이 책을 손에 든 모든 분들에게 말씀드리고 싶습니다.

그대의 '좋은 삶'을 닮은 '좋은 책'의 저자가 되어주세요.
그대의 첫 책을 기다리고 있을게요.

홍승완,
'내 인생의 첫 책쓰기' 연수 심화과정 강사 · 〈내 인생의 첫 책 쓰기〉 저자

2023년 9월

나는 글쓰기로 설렌다 출간 기획서

강 민 주

평범한 중년의 독특한 회고

평범한 중년의 독특한 회고록 :

과거를 돌아보고 자기 사랑을 돈독히 하기

도서 제목 및 부제 (가칭)

- 평범한 중년의 독특한 회고록 : 과거를 돌아보고 자기 사랑을 돈독히 하기
- 써가면서 치유하고 기억하는 자신
- 평범한 글쓰기가 가져다주는 독특한 치유와 자기 사랑
- 글쓰기가 주는 자기 구제 : 나쁜 기억의 수렁에서 자신을 구하라
- 과거의 모든 것도 '나'이다. 그를 회고하여 자기애를 두터이 한다.

저자 소개

강민주

보통 사람들보다 12년 늦은 진학, 10년 늦은 결혼과 출산, 24년 늦은 공직 입직. 그렇게 삶과 자신에 대한 사랑으로 기꺼이 늦게라도 자신의 꿈을 이루다가 뜻하지 않은 장애를 만나 갖은 정신적 고초를 겪었고, 스스로 사랑을 되찾고 상처를 극복하려는 의지로 오늘에 이른 이.

주요 독자

- 자신의 하루하루에 최선을 다했으나 인생의 크나큰 위기에서 허탈한 자기 후회로부터 방향성과 자기 정체성을 정립하고자 하는 40~50대 중년의 나 자신
- 자기 사랑을 실현하고 싶은 인생 후반기에 위로의 방법을 찾는 여성
- 타인이 상처를 치유하고 자신을 사랑하는 방법을 엿보고 싶은 사람

기획의 특징 및 차별성

- [참신성] 쓰는 것으로 상처를 치유하는 데 초점을 둔 거의 유일한 책
  ✔ 정신적 위기에 선 저자에게 좋은 추억은 회고 자체로 성찰이 되고

치유가 됨.

✔ 아픈 기억은 기록하여 떠나보내어 자신을 위로하는 방법을 찾아감.

• [종합적 구성] 평범한 개인의 과거와 현재, 미래를 다룸

✔ 먼 과거로부터 현재에 이르기까지 개인의 관점에서 자기 역사를 써
  나가면서 그 자체로서 성찰을 이루고 상처를 치유 받음을 보여줌.

✔ 한 개인의 인생 살기가 가감 없이 기록됨.

✔ 타인을 탓하고 후회하기 자신을 탓하고 후회하기, 또한 긍정하기

• [균형 잡힌 시선] 사건 자체의 과거를 현재 시점에서 객관적으로 서술
  하려는 시도

✔ 저자 자신의 이야기에 한하므로 과거를 현재에 다시 돌아보아 씀

✔ 모든 글 자체가 독자에게는 타인의 것으로 읽힘

✔ 스스로 과거의 움츠린 자신으로부터 객관적으로 자아로 자립하기.

• [자기 치유의 효과] 지극히 개인의 사례를 서술하여 글쓰기의 치유
  효과와 자기애 제시

✔ 과거를 돌아봄은 그만큼의 상처를 들추는 것인 동시에 치유가 되어
  감을 보이는 것

✔ 글쓰기를 시작할 때 이미 상처의 절반의 이상이 치유됨이 보임.

Contents

서문_진득하게 자신을 사랑하기 위한

제1장

유년 시절

• 첫 기억

• 진퍼리의 원더우먼

• 학교에서

• 있는지 없는지도 모른답니다

• 새끼오리의 첫 번째처럼(형제)

• 친구1

꿈꾸던 시절

• 아이큐

• 부반장의 굴레

• 세상과의 첫 갈등(담임)

• 하늘이 무너지다?(언니의 진학)

• 고교 생활

• 친구2 중

• 늘 사랑이 충만하여(비록 사랑의 대상이 되지 못하고 묻힌 아이였으나)

세월은 흐르고

- 여전히 꿈을 꾸다 -난 너희와는 달라(진학)
- 권력과 돈
- 홈드레스에 앞치마가 입고 싶던 시절
- 기둥뿌리 설
- 고되었으나 고되지 않을 수 있다
- 부모님- 내게 관심주시지 않았으나 진심으로 사랑했지

만남과 결혼

- 두 분 부모님을 보내드리고
- 외로움 타는 사람
- 나는 왜 두고두고 추억할 첫사랑 하나 변변하게 없는지
- 만나다
- 멋없는 남자, 그러나 매력 있는
- 맺어진다는 것

제2장

주변 세계의 자기 확장

- 첫 유산
- 아들과 딸
- 산후조리의 함정 : 절대로 시댁에서 산후조리 하지 말라
- 행복 위에 떠도는 조바심
- 떠돌이 일자리와 박봉

치명적 상처를 가져온 인생 2막의 도전

- 수험 준비(2012년, 나이가 너무 많아, 자격증)
- 합격의 기쁨과 입직
- 마흔여덟 살 신규의 지나가는 말
- 신념
- 꼬리표 붙이기 : 폐쇄된 조직에서 태움과도 같은 교묘함으로 씌우는 악의적 오명
- 영혼의 파괴(죽음이 멀리 있지 않다)
- 재생 불능(서사연 이야기)
- 인사 고충과 전출
- 실어증 상태에서 깨어나기
- 치유의 시작(시간&타인) :뭔가 남에게도 도움이 되고 위로가 될만한

새로운 삶을 살아야 할 의무

- 따라다니는 꼬리표 덧붙이기
- 발령1 인정을 받다.
- 발령2 인정을 받다.
- 능력과 열정에 나이가 문제는 아니지만,
- 인정받아도 그놈의 라인이 문제
- 완전한 타인의 죽음이 주는 충격
- 결국, 원하지 않는 휴직을 하다

제3장

- 새롭게 다가오는 두려움
- 가족의 힘 : 그래도 살아야지

- 무엇보다 중요한 자기 사랑

＊ 저자 후기

＊ 주(註)

＊ 참고 문헌

서문 및 샘플 원고: 다음 페이지에 첨부

진득하게 자신을 사랑하기 위한

우리 세대들 대부분이 그렇듯이 형제가 많았던 그녀는 육 남매의 넷째로
자랐다.

어쩌다 보니 형제들이 모두 출가하고 늦도록 부모님을 모시고 (혹은
얹혀서) 살다가 부모님이 돌아가셨다.

늦은 결혼 후 원치 않는 퇴직을 하고 자녀에 대한 책임으로 다시 경제
활동을 해야만 했던 그녀는 여러 가지 힘든 일 가운데도 반려자의 격려와
사랑으로 잘 버텨내고 취업에 성공하였다.

늦은 출산으로 인해 피폐해진 육체를 지탱하며 출근하였고 업무를
마치고 집으로 돌아와 가사와 육아를 하면서 하루하루를 버텨내고는 했던
그때.

퇴직 전의 회사에서 관리자로 일했었던 중년의 여성이 신규 임용자로서
적응하기란 쉽지 않았다.

그나마 업무에 대한 어려움은 적었으나, 앞뒤가 다른 상사들과 나이
어린 선배, 자식뻘 되는 동기 및 후배들과의 관계에서 너무나 많은 상처를
받았다.

폐쇄된 조직 사회의 특성이 있는 직장에서 그녀의 배우자는 노동조합의
간부를 맡고 있었다. 그 때문인지 같은 직렬에 소속된 큰 세력을 가진

몇 명의 선배들이 초임인 그녀를 찍어 내려고 거짓으로 만들었고 이후로는 낙인처럼 따라붙어 정신을 좀먹게 한 불경한 설들로 휘둘러댔다. 이를 그 당시에 해결할 줄 몰랐던 그녀는 거의 실어증 단계까지 이르렀다.

그녀는 자신을 사랑하는 법을 잊어 갔다.

말문을 닫고 진실을 호소하기를 포기한 채로 일에 정진하는 날들을 보냈다.

그러다 보니 관련된 업무에 함께하는 선배나 팀장들은 그녀의 노고를 알아주어서 장관상이니 시장상을 추천해 주었고 관련 상을 받았다.

순환보직 차 동사무소로 발령을 받아 2년 넘는 기간 동안 관계에 정성을 다하고 열정적으로 일에 집중했다. 그런 그녀에게 몇 번 바뀐 부서장들도 실력과 노력을 알아주어 모범 사원에 계속 추천하였을 정도였다.

그러나 소위 어떤 '라인'이 없던 때문인지 공적(功績)에 대한 포상은 불발되었다(이는 당시 팀장이 언급한 사항이다).

그즈음에 정성으로 사례관리를 하던 어르신 한 분이 사망하셨다.

업무로 인한 돌발 상황에 큰 충격을 받아 일상생활에 어려움을 겪게 되어 상담을 시작하였다.

일련의 상황들로 의사와 상담하는 것은 큰 도움이 되었으나, 마음속 깊은 곳에서는 이번 일과 더불어 입직 후의 부당하게 행해져 납득할 수 없어서 용서할 수도 없었던 일들이 정신세계를 지속해서 좀먹어 가며 괴롭게 하고 있었다.

그리고는 상처만 남았다고 한탄하며 좀 더 어두운 지하로 스스로 파고들었다.

바닥에 닿아 소멸하기 전에 탈출하여 다시 살고 싶었다. 스스로 사랑하는 자신을 되찾고자 하였다.

그래서 선택한 것이 과거의 일들을 하나하나 글쓰기로 살려내어 자신을 성찰하고 치유하기로 하였다. 그런데 신기한 것은 쓰기로 마음먹은 그 순간부터 치유는 벌써 시작되고 있었다는 것이다.

인생의 절반쯤을 살아 나온 그녀에게는 행복하고 좋은 일도 많았고 위로가 필요한 힘든 날도 많았을 것이다.

비록 흐릿한 기억에 의존한 몇 수십 수가지 사실 이야기로 이 회고록이 만들어지겠지만, 쓰는 자체만으로도 과거 속의 아픔과 행복을 찾아내어 상처는 치유하고 품은 사랑은 돈독해지는 것이라는 걸 깨닫게 된 것이다.

이 글이 만들어지는 이유는 그렇게 기억으로 남아 있는 과거의 어떤 것들이 하나씩 정리될 때마다 스스로 위로받아 마음의 평안과 행복을 찾고자 함이다.

이는 치유이며 진득한 자기 사랑의 노력이다.

사람은 누구나 인생의 방향이 자신의 희망을 향하고 행복을 추구하면서 살아가고 있다고 믿는다. 그녀는 누구보다도 그런 희망에 매달리고 있으며 진정한 행복을 추구하는 사람이다.

또한, 희망을 이루고 행복을 이루는 일이 모두 가정의 울타리를 튼튼히 하는 데 있어 가장 중요한 요소라고 생각한다.

아주 먼 어린 시절의 일들로부터 시작하여 자라면서 일하면서 겪은 일들과 최근의 생활들, 그리고 미래에 그녀가 하고 싶고, 되고 싶은 것들을 써가는 글이다.

매우 개인적이고 평범한 글이지만 자기 사랑이 가득한 글 어귀 어느 부분에선가는 누군가가 위로받는 그런 글이 되었으면 하는 소망으로 쓴다.

첫 기억

유년의 첫 기억을 떠올리면, 거기엔 항상 들판의 시원한 바람을 따라 은빛으로 반짝이던 드넓은 억새밭, 그리고 억새 숲 사이에 널려있던 옛집 안방의 아랫목 같은 넓적한 바위들이 있다.

누군가 비슷한 또래의 아이와 그 바람 부는 언덕의 은빛 억새 사이를 숨이 차도록 뛰어다녔던 흐릿하지만 분명한 기억. 그때의 아이들은 점심 끼니조차 잊고 저녁 어스름에 다다르도록 술래잡기나 영역차지를 위한 놀이를 했었던 것 같다.

놀이가 끝나고 나면 허기지고 지친 작은 몸을 하루종일 내리쬐던 햇볕을 받아 따스해진 큰 바위 위에 누였었다. 가슴 가득 차오르는 만족감으로 행복해하고, 졸음 가득한 눈으로 하늘을 바라보았던 기억.

파란 하늘은 끝이 없었다. 은빛의 억새는 우리 둥지에 신비한 울타리를 쳐 주었는데 시원한 바람이 어린 마음들을 모두가 모르는 드넓은 세상으로 데려다주는 놀라운 상상을 키워 주었다. 그리고 매번 돌아온 널따란 바위는 엄마의 품처럼 따스했었다.

지금은 곁에 없고 누구인지 기억에 없는(그러나 좋은 사람이었을) 친구와 함께했던 그날.

바람, 억새, 하늘, 큰 바위 등 생의 가장 첫 기억은 따스함이 넘치는 행복한 순간으로 그녀의 삶에 살아있다.

첫 기억의 장소를 추억하다 보니 어떤 생각 어떤 일을 기억으로 남기게 된 최초의 나이는 네 살 적이었나보다. 네 살 이후로 그 억새 가득한 언덕과 큰 바위가 널린 들판은 흙을 가득 퍼내어 도시를 만들어가는 덤프트럭들로 인해 주변에서 사라졌으므로.

그런가 하면 이상하게도 두 번째 이후에는 기억의 순서라고 줄 세울 수 있는 일이나 장소는 딱히 머릿속에 없었다. 그저 여러 일들이 기억되기도 혹은 잊히기도 하면서 기나긴 기간을 그녀를 따라 지나왔다.

그러니 지금까지의 생을 관통하는 기억은 네 살 적 일부터 켜켜이 쌓여 뇌의 어딘가에 저장되었다가 잊히고 사라지고 다시 떠오르며 인생이라는 이름으로 함께하고 있었다.

이토록 많은 날에 행복이 가득한 추억과 마찬가지로 고통으로 일그러진 기억들이 많음에도 생의 첫 기억이 빛나는 아름다움과 따스함, 벅차오르던 행복인 것은 정말이지 그녀에게는 커다란 행운일 것이다.

'행복한 그때'로 그녀의 생의 첫 기억이 주는 위로처럼 이후에 써가는 회고의 글에 각각의 해피엔딩을 선사하리라.

지나온 삶 중에서 행복했던 일들은 써나감에 즐거이 추억하고 힘들었던 시간의 자신을 써 내려가면서 힘들었음을 위로 할 것이다.

이것들을 앞으로 살아갈 날들에 긍정의 에너지를 삼아 행복한 자신으로 다듬어 갈 것이리라.

진퍼리의 원더우먼

지금은 아득하지만, 초등학교를 국민학교라고 부르던 시절, 그녀가 나서 자란 마을은 한반도 서쪽에 자리한 도시, 그 도시의 끝자락 바다가 가까운 사실상 시골 마을이었다.

주민등록상의 동네 이름 밑으로 아랫말, 윗말, 곰말 등의 옛 이름이 있었고, 그중 한 곳이 진퍼리였다.

비가 좀 많이 오거나 눈이 와서 녹고 나면 마을 안의 길들이 온갖 진흙을 묽게 섞어 놓은 듯이 질척질척해졌는데 이런 환경적인 상황이 마을 이름의 유래가 아닐까 한다.

그런 날에 마을을 걸어 다닐라치면 신발은 물론이거니와 하의까지 진흙에 몽땅 더러워지고 때로는 상의까지도 진흙이 튀어 올라 새 옷을 입은 멋쟁이들은 외출을 꺼리게 되는 그런 진퍼리 마을이었다.

고향마을은 이러저러한 연유로 진흙탕이 되는 때를 빼고는 그녀에게 아주 아름다운 곳으로 기억에 남아 있다.

먼 곳으로부터 따뜻한 바람이 불어오고 나면, 마을은 연두색과 초록색을 품고 되살아났다. 색색의 나비와 벌이 날고, 강남에 본적을 둔 제비가 날아와 집들마다 새끼를 낳아 주고 각종 새들이 높게 지저귀며 리듬을 맞춰 줄 때 자연의 합이 멋지게 그려지는 仙(선) 세계 같은 곳이었다.

마을 중심부쯤에 마을의 야트막한 산에 이어져서 마을보다는 조금 높이 위치한 구릉이 있었다. 저녁나절 그곳에 서면 서쪽 바다가 보였고, 그

바다에 펼쳐지는 주황과 섞인 연보라색의 황혼은 그녀의 인생 어디에서도 볼 수 없는 자연의 황홀경을 보여주고는 했었다.

이런 마을에서 시내로 나가기 위해서는 어른의 큰 걸음으로 40분 이상 숲 지대를 끼고 걸어 나가야 했었고, 도시 중심부로 직접 갈 수 있는 교통수단이 없었다.

후에 버스가 들어와 하루 여섯 회 다녔으나, 명칭만 도시일 뿐 시골 어느 벽촌과 별반 다르지 않았다.

마을 산에 이어진 구릉에서 시간 가는 줄 모르고 놀던 그때는 TV가 있는 집이 늘어 가고 있었다.

자그마한 금속성의 상자 안에는 밀림의 왕자 타잔이 있었고, '날으는 원더우먼' 다이애나가 있었다. 이들은 아이들 놀이 생활에 깊이 파고들어 모두의 집에서는 보자기가 시시때때로 사라져 아이들의 멋진 망토가 되었다.

요즘 세대의 원더우먼은 이스라엘 출신의 할리우드 배우 '갤 가돗'이지만, 그때의 원더우먼은 미스월드 USA 1위 출신의 '린다 카터'라는 아주 아름다운 미녀였다.

황금 왕관에 황금 팔찌, 황금 밧줄, 뛰어난 힘, 투명 비행기를 타고 여인 왕국을 드나들고, 힘센 남자 악당들도 맨손으로 처치하여 정의를 실현하는 데다, 외모 또한 매우 아름답다 보니 순식간에 모두의 로망이 되어버렸다.

초창기에는 흑백의 화면에서 생생하게 살아 움직이는 모습이 환상이었고 컬러로 바뀐 후에는 좀 더 살아있는 현실로 다가왔다. 진정 아름답다는 말로밖에 표현할 수 없었다.

이제 아이들 사이에서 놀이는 누가 그날의 원더우먼을 차지하여 주인공이 되느냐가 중요하게 되었다.

어떤 날은 가위바위보로 역할을 나누기도 하였고 어떤 날은 투표로 정하기도 하였다.

하지만, 대체로는 마을에서 모든 놀이에 있어 타의 추종을 불허할 정도의 실력자였던 그녀가 히로인이 되어 마을의 산과 들을 휘젓고 다녔고, 높디높은 절벽 위에서 뛰어내리는 용기를 보였으며, 나무 위나 나무 사이의 밀림 속에 가장 튼튼하고 침략 불가한 요새를 짓고는 하였다.

그녀는 그때 10대 초반이었고, 세상은 그녀의 발아래 있었다. 딱지치기, 제기차기, 자치기, 구슬치기, 공기놀이, 고무줄놀이, 줄넘기 놀이에서 또래의 마을 아이들은 그녀를 따라잡을 수가 없었다.

더 이상 육 남매의 중간에 태어나 무관심으로 방치되던 집안의 잊힌 딸이 아니었다. 어쩌면 그 시절의 '원더우먼 그녀'는 현재를 살아가고 있는 지금을 제외하고는 가장 뜨거운 인생의 황금기를 즐기고 있던 것은 아니었을까?

고 정 선

명품보다 명품 인생

명품을 살 것인가? 명품처럼 살 것인가?

도서 제목 및 부제 (가칭)

- 명품보다 명품 인생
- 명품을 살 것인가? 명품처럼 살 것인가?

저자 소개

고정선

자신의 인생이 명품이길 바라며 인생 1막을 보냈다.

감동을 전하는 배우가 되고 싶어서 연기를 전공했지만, 무대가 아닌 행사장에서 수없이 많은 감동을 전달했다.

뼛속까지 이벤트인 이라 자부하며 20여 년을 다양한 행사를 기획했으며, 감동하는 사람들의 모습을 통해 나 스스로 더 많은 행복을 느꼈다.

전국을 누비며 행사하러 다녔고, 함께할 파트너들을 잘 육성하기 위해 늘 자기계발서를 가까이 두고 살아왔다.

일과 관련된 전문지식보다는 인성과 마인드, 멘탈관리가 우선임을 경험으로 깨달았기에 내 인생이 명품이 되기 위해 노력해 왔다.

남들에게 멘토, 벤치마킹 대상이 되었던 시절, 명예와 부가 따라왔지만 화려한 명품과 물건에 대한 욕망보다 감동과 보람, 의미 있는 일을 진행함에 늘 노력했고 후회가 없다.

화려했던 시절은 이제 지나갔지만, 40대 후반 두 아이의 엄마로서 "젊은 시절 후회 없이 보냈노라"고 당당히 말할 수 있기에 더 멋진 삶을 꿈꾸는 젊은이들에게 이 책을 통해 명품 인생을 선물하려 한다.

주요 독자

- 멋지고 행복한 삶을 꿈꾸는 걱정 많은 이 시대의 20~40대 모든 이들
- 명품을 가지고 싶고, 가진 자들을 부러워하는 20~40대 여성들

- 자신을 한 단계 업그레이드시키고 싶은 자기계발러들
- 인생의 정체기에 빠진 방향성 잃은 고민러들

기획의 특징 및 차별성

- **[보편성] 가볍고 재밌게 읽을 수 있는 자기계발서**
  - ✓ 무겁거나 어려운 내용이 아닌 친숙하고 공감하는 목차
  - ✓ 저자의 에피소드를 통해 가식 없고 현실적인 내용으로 재미를 상승
  - ✓ 평범한 동네 선배 같은 편안함으로 대화하듯 전달함

- **[방법제시] 명품 인생을 살기 위한 방법제시 (저자의 경험담)**
  - ✓ 25년 프로사회인, 두 아이의 엄마로서 삶을 성공과 행복으로 이끄는 방법 전달
  - ✓ 2030을 채용했던 리더로써 면접, 신입 육성 경험을 토대로 사회생활 노하우 전수
  - ✓ 직업인으로써 인정받고 성공하는 법 (일하는 방법)
  - ✓ 명상법 (저자의 일상 속 명상법, 멘탈 관리법)
  - ✓ 다이어트 성공법 & 유지법 (17kg 감량하고 유지한 방법)

- **[실용적 효과] 전문가가 알려주는 명품 데이 만들기 꿀팁 (부록)**
  - ✓ 오랜 시간 전문이벤트기획자로 활동한 저자가 인생에서 꼭 진행하는 이벤트인 웨딩, 프러포즈, 돌잔치, 여행, 파티 등을 명품 데이로 만드는 방법 전수
  - ✓ 각 이벤트의 중요 포인트만을 모은 체크리스트 첨부

Contents

서문(프롤로그) – 무엇이 부러운가? 인생이 명품이면 삶은 감동이 된다.

1, 名品
• 왜 명품을 열망하나?
• 샤넬 백은 성공한 여성의 상징인가?
• 자존감을 올려주는 명품 방패들
• 짝퉁 같은 명품
• GD의 리폼 샤넬 백

2, 진품 & 명품
• 명품백 vs 에코백
• 딸이 만들어준 명품 그립톡
• 억만장자의 후줄근한 면 티셔츠
• 인품과 명품
• 나만의 명품진열대

3, 명품 day 만들기
• 그 어떤 감동적인 날들
• 명상이 일상
• 나만의 하루 루틴 만들기
• 물건보다 추억
• 매일이 행복하day~!

4, 명품 人 되기
• 현재, 지금의 나 바로보기

- 모든 것의 기본, 건강
- #헬린이 #오운완 #다이어트
- 살아있는 얼굴 만들기
- 훌륭한 목소리 만들기

5, 명품 인생 사는 법
- 나를 믿는 마음
- 직장인 말고 직업인
- 일! 이렇게 하라!
- 오픈런 선택하기
- 3테크 (인테크, 시테크, 재테크)
- 집중과 몰입
- 행복을 찾아서
- 긍정선이 말하는 진짜 긍정
- 행동 No? 행복 無!
- 나만의 인생 명언

에필로그
지금부터 시작~! 명품 인생으로 살아갈 모두에게~!

부록
실패 없는 감동 데이를 위한 이벤트체크리스트
(웨딩, 프러포즈, 파티, 여행 기획법)

서문 및 샘플 원고: 다음 페이지에 첨부

Introduction

무엇이 부러운가?
인생이 명품이면 삶은 감동이 된다.

"명품 가방도 들어주시고 좋은 차도 타셔서 더 큰 비전이 되어 주세요~!"
한참 일에서 성공 가도를 달리고 있던 어느 날, 회식 자리에서 한 여직원은
어리광 섞인 말투로 나에게 충격적인 술주정을 했다.
매일 핏이 살아있는 치마 정장에 8cm 힐을 신었고, 마치 스카이캐슬의 김
주영 선생님 같은 올백헤어에 풀메이크업을 하고 다녔던 그 시절, 170cm의
장신이기에 어딜 가도 눈에 띄는 커리어우먼 소릴 들었던 내가 부족한
것은 명품?
내가 가진 직급과 수입은 그렇게 티를 내어야만 누군가에게 비전이 되었던
걸까?
정작 나는 쇼핑은 별로 좋아하지 않았으며, 물욕보다는 감성 욕구가
컸기에 좋아하는 영화는 극장에서만 세 번을 볼 정도였고, 함께하는 술
자리가 좋아 8차까지 회식을 달릴 만큼 즐거운 시간으로 행복을 느끼는
사람이었다. 한참 음악을 좋아할 때는 밤새 클럽에서 음악을 들으며 춤을
추기도 했고, 좋아하는 작가님의 출판기념회는 퇴근 후 김밥 한 줄로
배를 채우고 달려갈 만큼 나에게 행복의 기준은 명확했다.
그 난감한 요구를 받은 후, 작정하고 쇼핑하러 가서 명품 가방도 코트도
사며 과한 소비를 해보았지만, 그것은 나에게 행복감보다는 왠지 더 허탈

하고 피곤했던 기억으로 남아있다.

명품의 사전적인 뜻은 " 뛰어나거나 이름난 물건"

그걸 가졌다고 인간이 뛰어나거나 이름이 나는 것은 아니지만, 많은 이들에겐 그 자체가 부러움의 대상이 되는 세상이다.

나는 선망도 하지 않지만, 부정도 하지 않는다.

무조건 혐오하거나 부정한다면 그것은 가진 자들에 대한 편협한 열등감이 아닐까?

이 책의 내용은 그런 물건에 대한 얘기가 아니다.

가진 자와 가지지 못한 자를 구분 짓지도 않는다.

꼭 가져야 하는가? 보다 가지지 않아도 되니, 더 중요한 것이 무엇인지를 얘기한다.

진짜 명품은 만져지는 고가의 물건만이 아니라, 매일매일 일상에서 또는 어떤 특별한 날에 느끼는 감동과 행복이다.

그리고, 나 자신이 명품이 된다면 정말 가치 있고 멋진 삶을 살 수 있음을 경험으로 풀어 나간다.

나는 30살 이전 남들 다 가는 해외여행 한번 가본 적 없이 늘 일을 했지만, 직업이 이벤트인 이라 즐기며 했기에 어쩌면 직업적인 혜택을 많이 본 사람이다.

일을 사랑하고 보람이 있었기에 늘 스스로에 대한 자신감과 만족감은 최상이었고, 대다수 사람이 즐기며 하기 힘들다는 직장생활을 늘 즐겁게 보냈다.

말 그대로 이벤트 인의 삶~!

참으로 감사하고 행복한 시간은 그렇게 꿈같이 지나갔다.

그리고, 40대 후반의 길목, 두 아이의 엄마인 나에게 닥친 건강적신호와 큰 수술.

일을 이어가기에 많은 제약을 줬던 코로나는 오프라인상의 이벤트를 전면시켰고, 조직력은 점점 약해졌으며, 나의 건강도 열정도 그렇게 식어갔다.

원하든 원하지 않든 20년 이상 달려왔던 나의 인생 1막은 그렇게 마무리되었다.

하지만 우울하진 않았다. 또다시 나에게 다가올 새로운 인생~!

아이들과의 행복한 시간, 나를 돌보지 못했던 바쁜 일상에서 벗어나 기대와 설렘으로 인생 2막을 준비할 여유가 생긴 것이니까.

고정선이 아닌 긍정선이라는 별명을 가지고 매사 열정적인 삶을 살던 나는 목표를 세웠다.

더 나은 나를 위해 정비하고 도약할 방법~!

"일단 나의 외면과 내면을 업그레이드시키자~! 건강과 의식을 챙겨보자~!"

바로 PT를 끊고 운동을 시작해 70kg이 가까웠던 몸무게를 53kg으로 만들었고 인생 처음으로 바디프로필이라는 것도 찍었다.

내면에 대한 정비는 1년 동안 100권이 넘는 책을 읽으며 단단해졌다.

일단은 몸과 마음의 단련, 작은 목표 달성을 이룬 것이다.

그리고, 서서히 되돌아보며 정리하는 나의 인생 1막

후회가 없었노라고, 다시 돌아가도 그렇게 살 수 없을 거라고, 그래서 돌아가고 싶지 않다고, 나름 명품보다 더 명품 같은 인생 1막을 보냈노라고 스스로를 칭찬하며 이제는 더 나은 인생 2막을 준비하며 이 책을 집필했다.

명품 인생의 완성은 나의 경험을 좋은 영향력으로 발휘하는 것임을 알기에 이 책을 통해 독자들에게 말해주려 한다.

명품보다 명품 인생!

    책을 집필하며 나의 지난 시절을 되돌아보는 계기가 되어 참으로 감사한 시간이었다.

    그리고 불안정한 이 세상이지만 희망과 꿈을 가지고 열심히 살고 있는 이들과 나 자신에게도 더 나은 인생을 살아가자고 파이팅을 외쳐본다.

    이제, 당신은 그 어떤 명품보다 명품 같은 인생을 살게 될 것이다.

그 어떤 감동적인 날

　명품은 비싸기만 한 물건은 아니다. 과시와 뽐내기 위해서만 명품을 구매한다는 생각은 어찌 보면 가지지 못하였기에 느끼는 열등감일지도 모른다.

　디자인과 라인, 색감이 아름답고, 견고하면서도 디테일이 살아있어 보는 것만으로도 감동이 느껴진다고 하니 "명품"이라고 부르는 것이다.

　우리는 그런 물건은 명품이라 칭하겠지만 물건이 아닌 "그 어떤 감동적인 날"은 뭐라고 불러야 할까?

　명품처럼 명품 데이로 기억되는 날은 인생에 많지 않다.

　물론 소소한 작은 행복에 날마다 명품 데이로 만들 수 있다는 걸 나는 요즘 많이 느끼고 있다. 십 년 동안 살아온 아파트 곳곳에 일 년 내내 어떤 꽃이 피는지 알지 못했는데, 직장을 그만둔 지난 1년 동안 집주변의 꽃들이 인제야 눈에 들어왔다.

　바쁜 회사 생활과 육아로 주변을 돌아보지 못했던 내가 이렇게 아름다운 꽃들이 내 주변에 있음을 알았고, 동네 벚나무 중 유독 늦게 피지만 너무나 아름다운 겹벚꽃 나무 1그루는 벚꽃길 가장 앞에 있다는 것도 알게 되었으니 말이다.

　희소성을 인정받아 그만큼 가치가 높아지는 명품의 위엄처럼 인생의 많고 많은 좋은 날 중에 그 어떤 날 "명품 데이"는 언제일까?

예로부터 사람들은 죽을 때 자기 삶이 "주마등처럼 지나간다"는 말을 많이 해왔다.

주마등처럼 지나가는 그 순간?

아마도 사랑하는 사람들과의 가장 행복했던 시간이 아니었을까?

나는 인생에 있어 가장 아름답고 고귀하고 행복하다는 웨딩을 만드는 일을 해왔다.

연기를 전공했기에 대학 시절부터 MC로 활동하며 쌓아왔던 경력은 자연스레 이벤트 분야 안에서 기업행사, 파티, 프러포즈 등 다양한 행사를 경험했다.

그중에서도 웨딩은 일반예식이 아닌 이벤트 예식이라는 이름이 붙기 시작했던 2001년부터 업으로 삼았는데 아마도 눈에 보이는 물건을 생산하는 일이 아니라, 보이지 않는 감동을 만드는 일이여서 감성이 충만한 내가 더욱 즐겁게 할 수 있었던 것 같다.

배우가 되어 무대 위에서 주고 싶었던 감동은 직업은 다르지만, 웨딩디렉터라는 일로 그렇게 많은 사람의 행복한 날에 메인이 될 수 있었다.

웨딩디렉터는 웨딩플래너와 행사 진행까지의 역할을 함께 하기에 장소 선정부터 스드메, 예물, 허니문 기타 수많은 준비 과정을 거쳐, 가장 중요한 본식 당일의 식순을 짜고 시나리오를 작성하며 우인 MC의 교육 또는 전문 MC 선정, 음향, 연출 등 웨딩과 관련된 모든 것을 주관하고 기획한다.

특히 장소는 전용 예식홀인 웨딩홀과 호텔에서만이 아닌 교회, 성당, 절과 같은 종교적 장소부터, 수영장이 딸린 펜션 마당, 강원도 산골의 작은 마트, 여의도의 대형식당, 강남 한가운데 한정식집 야외정원, 일산 호수공원, 스키장의 잔디밭, 군함 위의 선상 예식 등 신랑신부가 선정한 장소는 어디든 예식이 가능하도록 풀세팅을 해야 했다.

짧게는 한 달 전부터 길게는 1년 동안 준비해서 본식 당일까지 쭉 이어가야 하는 긴 과정이었고, 여성이라면 가장 욕심을 많이 내고 가장 예민하다는 웨딩이기에 참으로 힘든 순간들도 많았다.

지나고 생각해 보니 그 하나하나의 행사가 나에게는 명품을 한 땀 한 땀 만드는 것처럼 진중하고 또 보람도 있었지만, 당시 힘들었던 육체적 노동과 감정노동은 직업이 주는 스트레스 지수로는 상당히 높았던 것 같다.

그럼에도 오랜 시간 이어올 수 있었던 건 누군가의 행복을 만드는 일이기에 자부심이 있었고, 그분들의 가장 행복한 날 내가 중심에 있다는 것이 매우 뿌듯했다.

아무튼 이런 "주마등처럼 지나칠 그 어떤 날"을 만들며 늘 명품에 대한 생각도 빼놓을 수는 없었다. 결혼은 현실, 돈이 드는 일이기에 민감하지만, 현실은 현실이니까.

예식을 준비하는 과정에서 민감한 금전 문제와 명품에 대한 욕망과 바람 사이의 미묘한 갈등을 보았고, 그런 현실적인 문제로 다투거나 심지어 예물을 명품으로 준비해 놓고 파혼한 커플도 보았다.

또 유명연예인이 입었던 명품 드레스를 선망했지만, 비싼 가격을 듣고 단번에 좌절하는 신부님의 모습은 수없이 보았었다.

이런 일도 있었다. 스포츠 스타의 결혼식을 진행했을 때, 당시 수많은 국내 연예인들을 스타덤에 올려준 앙드레김의 드레스 협찬을 신부님이 원했는데 협찬을 확정 짓고 피팅을 하러 갔던 날, 황당하게도 화이트가 회색빛이 된 드레스 사이에서 선택하라고 하는 것이다.

앙드레김이었기에 먼지가 뿌옇게 낀 드레스들 사이에서도 굳이 선택을 망설이지 않는 신부님을 보면서 명품이 무엇이길래 일생에 한 번뿐인 결혼식날 저런 드레스를 입는 걸까 하고 속으로 안타까워했었다.

2006년쯤이었나?

강원도 한마을에 작은 마트로 예식 장소를 선정하신 신랑신부님을 위해

출장을 간 적이 있다. 낮은 천장과 접이식의자, 구석구석엔 거미줄, 창고를 비워 만든 아무리 꾸며도 예쁘지 않았던 신부대기실, 입장과 동시에 단상에 도착해 버리는 너무나 짧은 버진로드, 그럼에도 신랑신부님의 행복한 표정과 마을 사람들의 진심 어린 축하 모습은 지금도 생생히 기억에 남아있다.

서울에서 돌고 돌아 내려온 유행 지난 웨딩드레스도 눈부시기만 했고, 세상에서 가장 아름다운 한 커플의 시작을 만든 나 또한 "그 어떤 감동적인 날"로 기억에 남은~

예식비용 다 합쳐도 샤넬 백 하나 살만한 비용일진대 그날은 족히 몇백 명의 행복한 축제였다. 예식장에선 필수인 식권 체크나 인원 체크용 스티커 부착도 없이 누구나 밥을 먹고 축하하는 마을 잔치였다.

행사가 끝나고 서울로 돌아올 때 가면서 먹으라며 떡과 과일을 바리바리 싸주시던 신부 어머니의 표정은 십 년이 한참 지난 지금도 내 기억에 남아 있고, 행사 차량을 향해 손을 흔들던 마을 분들의 정감 있는 모습은 내 인생의 주마등처럼 스쳐 지나갈 영화 같은 한 장면으로 새겨졌다.

나는 회사에 다닐 때 직원들에게 자주 한 말이 있다.

"우린 천국에 갈 거야~! 왜냐면 많은 사람에게 가장 행복한 추억을 정말 열심히 만들어 주잖아~?"라고, 그러니 더 열심히 하자고.

물론, 지금도 그 생각은 변함없이 나의 큰바람으로 남아있다.

"그 어떤 날"이 명품 데이가 되고 인생의 마지막에 주마등처럼 스쳐 지나간다면 삶을 살면서 우리는 그런 감동적인 날을 만들고, 만들어 주면 그 자체가 명품 인생이 되지 않을까?

인생이 명품이 되는 방법은 어찌 보면 참 단순하고도 쉬운 거 같다.

그리고 다른 날보다 사랑하는 사람과 둘이 하나가 되어 인생의 주인공이 되는 웨딩 데이만큼은 꼭 명품 데이로 만들기를 바란다.

그런 마음으로 정리해본 웨딩관련 팩트

- 최고의 드레스는 연예인 누가 입은 드레스, 청담동 명품 샵의 드레스가 아닌 신부에게 제일 잘 어울리는 드레스다. 그리고, 그 어떤 드레스도 잘 어울리는 몸매가 최우선이며,
  그렇지 않을 경우 최신상 명품 드레스를 입어도 예쁘다는 말을 듣긴 힘들 것이다.
- 하객 수는 감동의 크기와 비례하지 않는다.
  부모님의 지인 하객이 많은 큰 규모의 결혼식보다 소규모라도 나의 사람들과 함께하는 결혼식이 훨씬 감동적이고 의미 있다.
- 예물은 반지하나로도 충분하다.
  증표로 할 만한 반지가 다이아몬드여야 할 이유는 어디에도 없다.
  어차피 그 반지조차도 매일 끼는 사람은 많지 않다.
- MC와 축가는 전문 MC나 연예인, 축가 전문 공연팀보다 친구나 지인, 가족이 하는 것이 열 배는 더 감동적이다. 신랑신부를 모르는 사람의 진행은 큰 감동이 없다.
- 장소 선정에 비용을 아껴 허니문에 더 투자해라.
  단언컨대 신혼여행이 인생에서 가장 행복하고 여유로운 시간이 될 것이며,
  만약 아이를 낳는다면 100% 공감할 것이다.
- 프러포즈는 남녀 상관이 없다. 누구라도 꼭 해서 두고두고 후회할 일을 만들지 마라.
- 평생 가장 아름답고 멋진 날은 분명 웨딩 데이다.
  연예인이 아닌 이상 그렇게 정성껏 꾸미고 많은 이들의 축하를 받을 수 있는 날은 다시 오기 힘들다. 출산한 산모에게 가장 아름답다고 말하는 건 정말 말도 안 되는 얘기다.

• 연예인들의 스몰웨딩은 자세히 보면 초호화웨딩이다. 스몰웨딩을
  정말 하고 싶다면
  부모님의 허락하에 전문가와 상담해서 제대로 준비하여야 한다.

※웨딩 데이를 명품 데이로 만들 꿀팁 & 체크리스트 ☞ {부록}참고

딸래미표 명품 그립톡

"엄마 내가 요즘 좀 바빠서 그러니까 조금만 기다려~다음 주에 다른 디자인으로 다시 만들어 줄게~!" 내 부서진 그립톡을 본 딸이 말했다.

38살 늦은 나이에 낳은 둘째, 초등학교 3학년인 딸은 전에 만들어줬던 그립톡이 부서지자

마치 큰일이라도 생긴 거처럼 심란한 표정을 짓고 있었다.

"아니야! 엄마 딸~ 바쁘면 안 만들어줘도 괜찮아~괜찮아~정말... 괜찮아~!"

그러나 며칠 뒤 지난번과 거의 비슷하지만 딸래미 왈 "디자인이 완전히 다르다"는 새 그립톡이 내 핸드폰에 다시 붙었고 흐뭇한 표정을 지으며 "엄마 맘에 들어?"라고 했다.

"그럼~너~무 이쁘다~! 고마워~!" (하트 뿅, 뽀뽀 쪽쪽)

엄마들끼리의 대화에서 이런 말을 들은 적이 있다.

"우리 애가 자꾸 쓰레기를 만들어~!"

"어머 그 집도 그래? 우리 집도 그래~ 버리면 난리가 나~! 집에 계속 쌓여가"

"그래서 나는 애가 없을 때 조금씩 버리잖아~!"

"아 그러면 되겠네~티 안 나게 조금씩 버리기~하하하"

그렇다. 아이를 키워본 부모라면 알겠지만, 아이들은 자꾸만 무엇을 만들고, 만들어서 가져온다. 그리고 선물이라며 주고, 붙이고, 얼마나 뿌듯해하는지~!

엄마들은 그걸 "버릴 수 없는 귀여운 쓰레기"라고 표현하기도 하지만, 아주 가끔 열 번에 한 번 정도는 유용하게 쓰이는 것을 만들기도 한다.

가령 아이의 얼굴이 프린트된 사랑스러운 머그잔을 만들어 온다던가, 손수 만든 나의 핸드폰 그립톡처럼 말이다.

연애를 9년이나 했지만 남들 결혼시켜 주느라, 정작 나는 33살에 결혼해서 35살, 38살에 두 딸을 출산했다. 친구 중엔 자녀들이 이미 성인도 있는데, 아이들을 다 키워놓은 친구가 부러워서 "너희들은 곧 할머니 될지 모른다"며 부러움을 짓궂은 농담으로 표현하기도 한다.

성인이 된 친구의 아이들에 비해 아직은 손이 많이 가고 어리지만, 그래도 귀여움과 순수함이 가득한 내 아이가 엄마를 위해 고사리 같은 손으로 붙이고, 꾸며서 만든 그립톡은 세상 그 어떤 명품보다 더 명품 아닌가?

누가 들어도 아는 브랜드에서 비싼 돈 주고 산 것이 아니어서 명품이 아니라고 할 수 있을까? 어차피 명품이라 불리는 것들은 수제가 대부분인데, 내가 낳은 내 아이가 만든 수제품도 가격만 빼면 명품이라고 말할 수 없을까?

물론, 진심으로 가슴에 손을 얹고 이 그립톡이 너무 좋아~! 는 아니다.

(마음속으로) "미안해~ 딸"

"분홍, 노랑, 연두, 토끼, 오리, 강아지가 붙어있는 요즘 말로 잼민이 같은 색깔과 디자인이니...

단색에 고급스럽고 단순한 디자인의 그립톡... 사실 엄마도 하고 싶어~!"

"하지만, 엄만 지금은 이게 제일 좋아~!"

"왜냐면 내 딸이 만든 세상의 하나뿐인 엄마만의 것이니까~!"

소중한 누군가에게 받은 선물이 있나요?

아니면 누군가에게 무엇을 만들어서 선물한 적이 있으신가요?

남들은 아니지만 나에게 만큼은 정말 소중하다고 느껴진다면 그것이 무엇이라도 진짜 명품이 아닐까요?

권 혜 진

건우야, 엄마랑 일기 쓰자:
즐겁게 쓰는 일기

일기 쓰는 아이, 일기 읽는 엄마: 함께 쓰고, 생각하고, 성장하기

도서 제목 및 부제 (가칭)

- 건우야, 엄마랑 일기 쓰자: 즐겁게 쓰는 일기
- 일기 쓰는 아이, 일기 읽는 엄마: 함께 쓰고, 생각하고, 성장하기
- 언제나! 어디서나! 일기 쓰기!
- 스스로 일기 쓰는 아이 만들기
- 일기 쓰기 재미 사전

저자 소개

권혜진

사회에서는 사전편찬가로 일하고, 가정에서는 육아와 집안일을 하는 대한민국의 평범한 워킹맘이다. 내 일에 대한 열정과 자부심을 지닌 덕분에 4학년 건우와 1학년 건주에게 조금은 이기적인 엄마로 살고 있다.

어렸을 때부터 하얀 종이 위에 내가 쓴 글씨가 채워지는 것을 좋아했다. 남들은 숙제라고 싫어했던 일기 쓰기를 좋아했고, 친구에게 손 글씨로 쓴 편지를 주는 것도 좋아했다. 쓰는 것이 좋고 읽는 것이 좋아서, 진로에 대한 큰 고민 없이 국어국문학을 전공했다.

내 가방에는 늘 메모지와 펜 한 자루가 있다. 쓰지 않는 순간에도 늘 지니고 다닌다. 여전히 나는 일기를 쓰고 있다. 쓴다는 것의 즐거움과 소중함을 초등학생이 된 아이들에게도 알려주고 싶어서 무조건 '일기 쓰기'를 권하고 시키고(?) 있다. 언젠가는 "일기 쓰기가 싫기도 했는데, 지금 생각해 보면(지금 일기장을 펼쳐보면) 잘한 것 같아. 엄마, 고마워."라고 건우와 건주에게 듣고 싶고, 그럴 것이라고 확신한다.

기획 의도

내가 사는 아파트 베란다 너머로는 논과 밭이 펼쳐져 있다. 비록 지금은

신도시 개발로 사라지는 중이지만. 그래서 딱 요즘 같은 이맘때, 장마철이 되면 도시에서는 보기도 듣기도 힘든 풍광을 즐길 수 있다. 비가 유난히 쏟아붓는 날이면 "맹-꽁! 맹-꽁!" 맹꽁이 소리와 "개굴개굴, 개굴개굴" 개구리 소리가 밤새 끊임없이 들리곤 한다. 며칠 전, 나는 유난스러운 빗소리에 섞여서 들리는 맹꽁이와 개구리의 울음소리로 '오늘도 밤잠은 다 잤다'라고 투덜거리고 있었다. 그때 초등학교 1학년 딸아이가 "엄마, 앵-콜(앙-코르)! 앵-콜(앙-코르)! 소리가 나는데…."라고 하는 것이다. 무슨 뜻인지도 모르고 공연장에서 들었던 그 말이 맹꽁이의 울음소리와 비슷하게 들렸었나 보다. 딸아이의 앙코르 요청 소리에 답이라도 하듯 맹꽁이는 그날 더 우렁차게, 신나게, 오랫동안 울어댔다.

이렇게 아이를 키우다 보면 상상을 초월한 내 아이의 기발한 한마디가 나를 흠칫흠칫 놀라게 할 때가 종종 있다. 하지만 놀라움과 동시에 아쉬움이 교차한다. 모든 순간에 내 아이의 단독 CCTV가 있다면 더할 나위가 없겠다 싶은 생각이 든다. 어쩌면 '지금이 아니면 들을 수 없는 말', '지금이 아니면 볼 수 없는 순간의 표정'이기 때문일 것이다. 부지런한 엄마였다면 모든 것을 기록해 뒀을 텐데, 워킹맘인 나에게 육아는 그렇게 호락호락 하지 않았다. 그나마 다행인 것은 아이는 금방 글을 배운다는 것이다. 지금이 아니면 할 수 없는 생각, 지금이 아니면 쓸 수 없는 글을 아이 스스로 남길 수가 있게 된 것이다. 다만, 엄마(나)의 노력도 함께 해야만 충분히 가능한 일이 된다. 나와 아이에게 그 가능성이 실현될 수 있는 가장 쉬운 길은 바로 아이가 쓰는 '일기'였다.

나는 이 책에서 나의 아이가 실제로 쓴 일기와 그 일기를 감상(지도)한 엄마의 이야기를 담고 싶다. 나와 아이가 함께 노력한 '기억의 기록'이자 '성장의 기록'인 실제 일기와 감상 글이 담긴 이 책을 나와 아이에게 선물로 주고 싶다. 기억을 기록하여 그 기록이 기억과 추억으로 남는 경험의 소중함과 그 결과물인 이 책을 통해 성취의 기쁨을 아이와 함께 느끼고 싶다. 그리고 소중한 우리의 경험과 과정, 그 결과물을 다른 사람들과 공유하고 싶다. 이제 글쓰기를 시작하는 아이들에게 또래의 글을 통해 나도 할 수 있다는 동기 부여가 되고, 글쓰기를 잘하는 아이로 키우고 싶은 부모에게는 선배 엄마가 겪은 시행착오의 과정을 제공하고자 하는 것이 내가 이 책을 쓰고자 하는 이유들이다.

주요 독자
- (초등)학생: 일기를 처음 쓰기 시작하는 아이, 일기를 쉽게 잘 쓰고 싶어 하는 아이, 일기를 재미있고 즐겁게 쓰고 싶어 하는 아이
- 학부모: 일기 쓰기를 가정에서 직접 지도하고 싶은 학부모, 일기 쓰기를 통해 국어력과 글쓰기 능력을 자연스럽게 키워주고 싶은 학부모, 일기 쓰기를 스스로 즐기는 아이로 키우고 싶은 학부모
- 교사: 학교 현장에서 일기 쓰기 교육을 하고 싶은 교사, 글쓰기 교육의 실례로 일기 쓰기를 소개하고 권장하고 싶은 교사

기획의 특징 및 차별성
1. [공감의 이야기로 전달하기] 아이와 부모의 일상과 그들의 성장 과정을 함께 보여준다.
- 글쓰기 교육을 위한 학습서로써 일기 쓰기에 관한 책들이 많이 있지만, 실제로 일기 쓰기의 과정을 단계적으로 경험하는(수행하는) 아이와 그 부모가 겪는 과정을 이야기로 풀어서 다룬 책은 찾아보기 어렵다.
- 처음 일기를 쓰는 아이와 그 아이를 지켜보며 지도하는 부모의 일상적인 이야기를 담는다.
- 일기를 통해 아이들은 또래 친구의 일상에 대해 공감하고, 일기에

대한 엄마의 감상(지도)을 통해 또래의 아이를 둔 부모들과 공감대를 형성한다.

2. [독특한 구성으로 이어가기] 아이의 일기를 통해 글쓰기의 실제를 보여준다.
   - '나(엄마)의 이야기 - 아이가 실제로 쓴 일기 - 학습과 시사점'의 흐름으로 구성된 글은 현실적인 이야기를 바탕으로 정서적 공감을 형성하고 동시에 교육적이고 실용적인 정보를 제공한다.
   - 다양한 글감을 활용하여 여러 가지 글쓰기 형식으로 아이가 직접 쓴 일기를 통해 일기 쓰기의 과정을 생생하게 보여준다.
   - 초등학교 입학 전, 초등학교 저학년, 초등학교 고학년 등으로 아이의 연령별로 일기 쓰기의 실제와 방법을 제시한다.

3. [실제로 바로 활용하기] 일기를 통해 풍부한 어휘를 익히고, 국어력을 키울 수 있는 구체적인 예시와 방법을 보여준다.
   - 아이들이 자주 틀리는 맞춤법, 잘못 쓰고 있는 표현, 헷갈리는 표현 등을 찾아서 제시하고, 이를 통해 국어력을 키울 수 있도록 쉬운 설명과 예문 등을 제공한다.
   - 아이들이 일기를 즐겁고 쉽게 쓸 수 있도록 다양하고 풍부한 어휘와 그 어휘를 활용한 표현 등을 제공한다.

Contents

서문

1부 일기가 뭐예요?
  1. 글쓰기와 일기
  2. 일기의 가치: 주인공은 '나야 나'

2부 일기를 어떻게 써야 해요? 일기에 무엇을 써야 해요?
  1. **일기의 기본 구성**
    : 날짜, 날씨, 제목, 내용
  2. **일기 쓰는 순서**
    : 오늘 한 일, 내일 할 일, 꾸준히 하는 일의 계획
  3. **일기의 내용**
    : 글감별, 주제별 일기 쓰기
  4. **일기의 형식**
    : 그림일기, 동시 일기, 여행 일기, 요리 일기, 편지 일기 등

3부 일기를 잘 쓰고 싶어요!
  1. **솔직하게 쓰기**
    • 있었던 '사실'대로
    • 느꼈던 '감정'대로
    • 떠오른 '생각'대로

2. **개성 있게 쓰기**

2. 개성 있게 쓰기
- 내 기분대로 '날씨'
- 내 맘대로 '제목'

3. 재미있게 쓰기
- 각양각색 '글감'
- 생생 현장 '대화문'
- 신통방통 '흉내말'

4. 바르게 쓰기
- 띄어쓰기와 맞춤법
- 문장부호
- 적합한 접속어

4부 일기를 쓰면 달라져요!

1. 내적 변화
- 참을성과 끈기
- 감정 표현의 출구

2. 외적 변화
- 반듯반듯 예쁜 글씨
- 자신감 뿜뿜 '글쓰기' 능력

부록
- 국어사전 찾아보는 방법
- 흉내말 목록
- 감정을 나타내는 단어(감정 형용사) 목록
- 문장부호 목록

- 접속어 목록
- 짧은 글짓기 연습

※ 부록의 'ㅇ 목록'들은 가독성과 편집 방식 등을 고려하여 관련성이 높은 꼭지 글의 끝에 참고 목록으로 변경하여 제시할 수도 있다.

서문 및 샘플 원고: 다음 페이지에 첨부

나만의 추억 사전(事典)

"인생에서 기억하고 싶은 순간이 있나요?"

눈을 감고 생각에 잠겨 봅니다. 떠오르는 순간이 있습니다.

"왜 그 순간을 기억하고 싶었을까요?"

최면을 거는 것이 아니다. 인생 최고의 순간을 물어보는 것이다. 유명인이 아니어도 흔하게 물어보거나 대답할 수 있는 질문이다. 누구에게나 기꺼이 '반짝'하고 기억하는 순간이 있을 것이다. 하지만 왜 하필 그 순간이냐고 또 묻는다면, 생각을 거듭하며 신중하게 대답을 고를 것이다. 왜냐하면 그때 벌어졌던 일련의 사건을 더듬으며 구체적인 장소와 인물을 떠올리고, 가슴 깊숙한 곳에서부터 감정을 끌어올려야 하기 때문이다. '망각'의 동물인 인간이 어디까지 더듬어서 대답할 수 있을까? 질문자가 한참 동안 기다려야 할지도 모르겠다.

나에게 똑같은 질문을 해보았다. 어떤 한 순간이 떠올랐다. 그리고 나는 주저 없이 2013년의 기록을 찾아보았다.

벚꽃이 한창 필 때.

따뜻한 봄 햇살이 나른하게 비출 때.

우리에게 찾아온 소중한 아가.

잠깐 잠이 든 그 꿈속에서 방긋방긋 웃는 아가의 모습이

너무 생생했다는 아가 아빠의 말처럼

행복을 주고, 또 행복함을 느낄 줄 아는 서로가 되어 우리가 만났구나.

그래서 우리는 아가를 '방긋이'라고 부르기로 했단다.

웃음은 그 전파력이 크지. 행복의 시작이기도 하고…

처음 우리에게 찾아와 가슴 가득 주었던 그 벅찬 감동을 잊지 않고,

최선을 다해서 그 행복을 지켜주려고 노력해야겠지?

예쁜 꽃들이 만개하는 꽃들의 잔치에,

올해 봄은 정작 꽃구경 한번 제대로 못 가서 서운하지만,

그보다 값지고 소중한 인연이 찾아왔으니 감사하고 또 감사해야지.

　첫 아이를 임신했다는 사실을 남편과 함께 산부인과에서 확인했던 날의 기록이다. 찬찬히 읽어보니, 태어나서 처음으로 느껴 보았던 복잡하고도 미묘했던 감정이 되살아난다. 이 기록은 내 생애 최고의 순간에 대한 기록이자 '방긋이(첫째 아이의 태명)의 태교 일기'의 첫 장이다.

　나는 가끔 나의 기록들을 뒤적여 본다. 그때 무슨 일이 있었지? 그 일이 언제였더라? 언젠가 갔던 그곳이 어디였더라? 다양한 이유로 찾아본다. 단순히 추억에 잠겨 보고 싶을 때도, 무언가를 기억해서 증명해야 할 때도 든든한 나의 기록이 내 손에서 펼쳐진다.

똑같은 순간도 사람마다 '기억'되는 것은 다르다. 사람마다 본인의 구미에 맞게 각색이 이루어지기 때문이다. 자신이 썼던 일기는 하루의 일을 '기록'하는 것이지만, 그 기록이 '기억'으로 남고, 훗날 여러 가지 이유로 '추억'을 소환할 때 이렇게 유용하다. 날마다 기록되는 순간들이 기억으로 각인되고, 각인된 기억들은 언제든 찾아볼 수 있는 '나만의 추억 사전(事典)'이 된다. 이것이 '일기'를 쓰는 가장 큰 이유이자 가치라고 생각한다.

쓰기의 시작이자 끝

"일기(日記)가 뭔가요?"

일기를 처음 쓰는 사람도, 일기를 열심히 쓰고 있는 사람도, 초등학교에 다닐 때 어쩔 수 없이 숙제로 썼고 지금은 아예 일기를 쓰지 않는 사람도 이 질문에 대답할 수 있다. 심지어 비슷한 대답을 할 것이다.

"일기(日記)를 어떻게 써야 하나요?"

이제 막 일기를 쓰기 시작하는 아이들이 할 법한 질문이라고 생각하는가? 아니다. 이 질문은 누구나 할 수 있지만, 누구나 대답할 수는 없을 것 같다. 일기가 무엇인지 대답할 수 있는 사람이라도 선뜻 대답하기가 어렵다. 일기가 무엇이고 어떻게 쓰는지 머리로 아는 것보다 일기를 손으로 직접 써 보는 경험이 먼저 필요하기 때문이다. 그렇다면 일기를 써 본 사람은 이 질문에 명확한 대답을 할 수 있을까? 역시 아니다. 왜냐하면 정답이 없는 질문이기 때문이다. 일기를 써 본 사람이라면 일기 쓰는 방법보다 쓴다는 것 자체로 충분히 만족하고 있기 때문이다.

아이가 처음으로 일기를 쓸 때, 일기가 무엇이고 어떻게 써야 하는지 알려 주었다. 아이는 한참 동안 일기를 이렇게 썼다.

"오늘은 아침에…. 점심에는…. 저녁에는…. 그래서 재밌었다."

어느 정도의 시간이 흐르고 나서 나는 아이에게 '오늘 일과를 그냥 나열하지 말고, 하루 중에서 기억에 남는 일에 대해서만 자세히 쓰고 생각과 느낌도 적는' 방법을 슬쩍 알려 주었다. 아이는 일과 중에서 어떤 사람, 어떤 장소, 어떤 사건에 관해서만 쓸 수 있게 되었다. 그런데 아이가 어느 날 한참 동안 일기장을 펴놓고 있더니 이렇게 말했다.

"엄마, 오늘 일기 뭐 써?"

아이는 아무리 생각해 봐도 어제와 특별히 다른 일과가 없었다. 그래서 어제와 똑같은 일기를 써도 되는지 의문이 들었던 것 같다. 일기는 매일 써야 하는데, 어제도 오늘도 내일도 하루하루가 똑같았다. (아이는 일상이 반복된다는 것을 안타깝게도 어린 나이에 깨달았다. 혹은 일기를 매일 쓰고 싶지 않아서 꾀를 부렸을지도 모른다) 아이에게 반복되는 일상이지만 재미있게 자신만의 일기를 쓸 수 있는 다른 방법들을 알려 주고 때때로 함께 찾아보았다.

누구나 할 수 있지만 아무나 할 수 없는 것이 '일기 쓰기'이다. 대한민국에 사는 대부분의 사람은 '일기 쓰기'를 초등학교 숙제로 처음 시작한다. 학교에서의 '일기 쓰기'는 글쓰기 교육으로는 더할 나위 없이 좋은 동기 부여가 되었지만, 반면에 '숙제'라는 의무와 부담감 때문에 멀어지게 된 이유도 되었다.

처음부터 정해져 있는 가장 좋은 일기, 가장 잘 쓴 일기는 따로 없다. 이렇게도 쓰고, 저렇게도 쓰고 오답이 없는 글쓰기다. 나만의 일기를 쓰는 시간과 그 과정이 소중하다. 오직 나로부터, 나에 의해, 나를 위한 세상의 하나뿐인 글이 되는 것이다. 숙제를 위한 숙제에서 벗어났다고 일기를 쓰지 않는다면 내가 만드는 이 '인생의 보물'을 얻을 기회를 잃는 것이다.

"일기를 왜 써야 해요?"
"일기를 어떻게 써야 해요?"
"일기에 무엇을 써야 해요?"

이 책은 일기뿐만 아니라 글쓰기를 시작하는 아이들과 그 부모들에게 위와 같은 질문에 대한 자신만의 대답을 찾도록 도움을 주고자 한다. 단순히 쓰는 것을 넘어서 나의 하루를 '잘 써서 기록하고 싶은' 아이와 부모에게도 작은 길잡이가 되기를 바란다.

내 아이의 실제 일기, 그에 얽힌 엄마의 경험이 담긴 소소한 이야기, 일기에 대한 감상 및 지도 내용 등을 통해 일기 쓰기를 재미있게 '시작하는' 준비 단계부터 풍부한 어휘력과 바른 문법으로 일기 쓰기를 '잘하는' 최종 단계까지 안내하고자 한다.

일기 쓰기를 잘하고 싶은 아이, 일기 쓰기를 잘할 수 있는 아이로 키우고 싶은 부모들이 함께 이 책을 통해 일기 쓰기를 시작하는 방법과 과정에 대해 쉽고 재미있게 '스며들' 수 있기를 기대해 본다.

'좋아하는 것'에 대해 쓰기: 먹탐 먹보

사람들이 평범한 일상에서 '추억하는' 행동을 하는 이유는 여러 가지가 있다. 추억하는 그 시간에 함께 했었던 사람을 우연히 만나거나, 추억하는 그 장소를 의도치 않게 지나가거나, 추억하는 그 노래가 갑자기 들려오거나. 묻어 두었던 '추억'은 어느 날 예기치 않게 떠오른다.

그중에서도 추억을 선명하게 떠오르게 하는 것은 단연코, 오감이 모두 열리는 '음식'이다. 나에게 시각, 청각, 후각, 미각, 촉각이 모두 반응하는 추억의 음식은 돌아가신 외할머니가 한 상 가득히 차려 주시던 정갈한 음식들이다. 기다란 밀대로 반죽을 얇게 밀어 촘촘히 썰어서 만들어 주시던 칼국수, 시골 텃밭에서 소담하게 자라던 정구지[1]를 뜯어서 먹음직 스럽게 부쳐 주시던 부추전, 똑같은 된장을 넣어 끓여도 그 맛을 따라갈 수 없었던 외할머니표 시골 된장찌개와 그것을 넣어 쓱쓱 비빈 밥을 호박잎에 싸 먹던 것. 이제는 먹을 수 없는 그 음식들이 '외할머니와의 추억'과 함께 떠오르곤 한다. 비슷한 음식들이 텔레비전이나 식당에서 보일 때면 푸짐한 한 상을 차려 내놓으시며,

"배부르게 많이 먹어라."

"많이 있으니 더 먹어라."

---

1 정구지: '부추'의 방언(경상, 전북, 충청)

하시던 외할머니의 주름진 미소와 거칠지만, 따뜻했던 손길이 떠오른다. 나에게는 늘 보고 싶은 사람과 그리운 음식이다.

"뱃골²을 늘려 놓아야 커서도 잘 먹는다."

아이가 있는 엄마들은 한 번쯤은 들어봤을 말이다. 그해 12월의 끝자락에 태어난 아이라 '또래에 비해 작으면 안 된다'고 늘 마음에 품은 나만의 비밀 암시가 있었다. 나는 대충 먹을지라도 내 아이는 참으로 열심히 먹였다. 1년 가까이 모유 수유를 했고, 생후 6개월쯤부터 유기농 재료들로 이유식을 직접 만들어 먹였다. 간을 거의 하지 않았고, 단 사탕과 과자는 먹이지도 않았다. 그렇게 최선을 다해 아이를 위해 요리하고 좋은 것만 먹였다. 누군가를 위한 그런 진심이 담긴 노력은 내 인생에서 처음이자 마지막일 것 같다.

점심을 양껏 먹고 식탁을 떠나면서,

"엄마, 저녁에는 뭐 먹어?"

라는 아이의 말에 나는 황당할 때도 종종 있다. 그러나 아이가 무탈하게 잘 자라고 있고, 열심히 먹인 이 엄마의 기대에 부응하는 것으로 생각하기로 했다. 입안 가득 음식을 넣고 우걱우걱 씹어 맛있게 먹는 아이를 보면 '마음을 다해 잘 먹는다'는 말이 저절로 떠오른다.

그런데 우리 아이에게도 훗날 기억되는 추억의 음식은 엄마가 해 준 것이 아니라 '풀솜할머니³'의 정이 더해진 음식이 될 것 같다. 아이는

---

2 뱃골: '뱃구레'의 방언(전남)
   뱃구레: 사람이나 짐승의 배 또는 배 속을 속되게 이르는 말.
3 풀솜할머니: '외할머니'를 친근하게 이르는 말. 외손자에 대한 애정이 따뜻하고 두텁다는 뜻으로 이렇게 이른다.

쇠고기를 좋아하는데, 맛깔난 매운 음식도 잘 먹는다. 그래서 외할머니가 끓여주는 '육개장'을 제일 좋아한다. 친정집에 가는 날이면 친정엄마는 외손자를 위해 '육개장'을 한솥 가득 끓여서 국그릇에 넘치도록 퍼담아 주신다. 그렇게 먹고도 남은 '육개장'은 정성껏 싸서 꼭 돌아가는 내 손에 들려 보내신다. 아이가 늘 외할머니에게 엄지척을 올리며 육개장을 먹음 직스럽게 먹으니, 육개장에 담긴 '내리사랑'이 넘치는 것은 당연하다.

아이의 일기 속에는 자기가 좋아하는 것들에 관해서 쓴 글이 꽤 많다. 좋아하는 장난감, 좋아하는 친구, 좋아하는 선생님 등 '좋아하는 것'은 일기의 글감으로 자주 등장한다. 그중에서도 아이의 일기에 단연코 제일 많이 등장하는 주인공은 '음식'이다. 그날 먹은 음식 중에서 맛있었던 것은 물론이고 먹고 싶은 음식, 가장 좋아하는 먹을거리 등으로 다양하다. 한결같이 먹을거리에 진심인 아이의 모습이 일기에 고스란히 담겨있다.

[건우의 1학년 일기]

2020년 6월 30일 화요일 맑음

제목: 쇠고기뭇국

나는 오늘 집에서 저녁으로 쇠고기뭇국에 밥을 먹었다. 쇠고기뭇국을 어떻게 만들었냐면 쇠고기와 무를 썰어 냄비에 넣어서 볶으면서 물을 붓고, 소금, 후추, 파를 넣고 끓이면 완성! 쇠고기뭇국을 먹어서 좋았다.

[건우의 3학년 일기]

2022년 8월 26일 금요일 흐림

제목: 쇠고기

난 쇠고기가 맛있어서 좋아요.
쫄깃쫄깃하고, 육즙이 풍부해서 맛있어요.

그런데 나는 가끔 그런 생각이 들어요.
'식용 소는 어떻게 잡혀서 내가 먹을까?'
그 생각만 하면 끔찍해요.

나는 식용 소가 너무 불쌍해요.
차라리 쇠고기를 안 먹고 싶어요.

[건우의 4학년 일기]
2023년 6월 25일 일요일 맑음
제목: 냉면

요즘에는
겁나게⁴ 더워서
더위 먹으면 클나요.⁵

그러니 시원한 냉면
한 그릇 먹읍시다.

---

4 겁나게: '매우'의 방언(전남, 충남)
5 클나요: '큰일 나요'의 방언(경상)

쫄깃쫄깃 면발,

아삭아삭 배,

시원한 국물까지

정말 맛있어요.

아, 더위 때문에

이런 것도 먹고,

여름은 미워하려고 할 수야

미워할 수가 없네요.

무국 vs 뭇국

'뭇국'은 순우리말 '무'와 '국'이 합쳐져 만들어진 말로 [무ː꾹], [묻ː꾹]으로 발음된다. 이러한 경우에 '순우리말로 된 합성어 가운데 앞말이 모음으로 끝난 경우, 뒷말의 첫소리가 된소리로 나는 것은 사이시옷을 받치어 적는다.'는 규정(한글 맞춤법 제30항)에 따라 '무국'으로 적지 않고 '뭇국'으로 적는 것이 올바른 맞춤법이다.

예) 나루배(×) / 나룻배(○)

쇠조각(×) / 쇳조각(○)

해볕 (×) / 햇볕 (○)

● 《표준국어대사전》에서 찾아본 '사이시옷'

'사이시옷'이란 한글맞춤법에서 사잇소리 현상이 나타났을 때 쓰는 'ㅅ'의 이름이다. 순우리말 또는 순우리말과 한자어로 된 합성어

가운데 앞말이 모음으로 끝날 때 뒷말의 첫소리가 된소리로 나거나, 뒷말의 첫소리 'ㄴ, ㅁ' 앞에서 'ㄴ' 소리가 덧나거나, 뒷말의 첫소리 모음 앞에서 'ㄴㄴ' 소리가 덧나는 것 따위에 받치어 적는다. '아랫방', '아랫니', '나뭇잎' 따위가 있다.

관심과 관찰력

누군가에게는 평범한 것들이 나에게는 특별한 것이 될 수 있다. 그 특별함은 나만의 관심과 애정이 바탕이 된다. 그 관심의 대상이 우리 건우에게는 '음식'이었나 보다. 건우는 자기가 좋아하는 음식을 엄마나 외할머니가 어떻게 만드는지 궁금했을 것이다. 그래서 찬찬히 그 과정을 지켜보고 있었던 것 같다. 외식하러 식당에 갔을 때도 만들어지는 과정을 보지는 못해도 건우는 음식을 먹으면서도 관찰했다. 식당의 모습과 음식의 담음새를 눈으로 보고, 입으로 맛을 느끼거나 코로 냄새를 맡으면서 말이다.

아이가 어떤 것에 대해 특별히 더 관심을 보일 때, 부모 역시 애정 어린 눈길로 아이를 지켜볼 필요가 있다. 아이에 대한 실제 관찰 속에서나 아이가 쓴 글에서도 아이의 관심사를 찾아볼 수 있다. 아이의 관심사는 일기의 소재를 찾기 위한 좋은 수단이 된다. 그리고 그렇게 쓴 일기에는 아이의 관찰력이 발휘되는 관심 분야가 숨겨져 있거나 드러나 있다.

'일기 쓰기' 활동은 아이 스스로가 평소 생활 속에서 관심이 있었던 분야를 은연중에 드러낼 수 있기 때문에 부모에게는 아이의 재능을 발견하고 그 재능을 성장시킬 수 있는 원동력의 하나가 될 수 있다.

● **국어력 쑥쑥: '표준어'와 '사투리(방언)'**
《표준국어대사전》에서는 다음과 같이 설명하고 있다.

- 표준어: 전 국민이 공통적으로 쓸 수 있는 자격을 부여받은 단어. 우리 나라에서는 교양 있는 사람들이 두루 쓰는 현대 서울말로 정함을 원칙으로 한다.
- 사투리(방언): 어느 한 지방에서만 쓰는, 표준어가 아닌 말.

'인물'에 대해 쓰기: 최애 가족

내가 초등학교에 다녔을 때는 학년말에 '학급문집'을 만드는 것이 새 학년 진급을 위한 통과의례 같은 것이었다. 내게 할당된 종이 위에 글 한 편을 손으로 정성 들여 쓰고, 남은 공간은 재주껏 열심히 그림을 그려서 꾸몄다. 글솜씨와 그림 솜씨를 발휘할 기회가 되었지만, 부담스러운 학교 과제 중의 하나가 되기도 했다. 그래서 이런 재주가 없는 몇몇 친구들은 너나 없이 'ㅇ에 대한 10문 10답'으로 종이를 채우곤 했다.

'10문 10답'은 요약된 자기소개서 같은 거라고 할 수 있다. 친구들이 많이 선택했던 질문 몇 가지가 생각난다.

"내가 가장 존경하는 사람은?"
"나의 별명은?"
"나의 보물 1호는?"

자기 스스로 질문을 만들고, 질문에 대한 나름의 대답을 생각하며 문집의 종이에 적는다. 대답을 쓰면서 자기 자신에 대해서 스스로 되돌아보는 자아 성찰의 시간이 되는 것이다. 그리고 학급 친구들이 잘 몰랐던 '나'에 대한 소개의 시간이 되기도 한다. 처음에는 쓸만한 글감이 없어서, 또는 글쓰기나 그림 그리기에 자신이 없어서 어쩔 수 없이 쓰게 된 글이었다.

하지만 문집이 완성된 후에는 친구들과 함께 키득거리며 읽을 수 있는 가장 재미있는 글의 하나가 아니었었나 하는 생각이 든다.

아이가 일기를 쓴다고 책상에 앉아서, 도통 오늘은 일기에 쓸 만한 일들이 없었다고 투정을 부리는 날이 종종 있었다. 그런 날에 나는 아이에게

"이건우, '너'에 대해서 써 봐."

라고 했고, 어떻게 쓰라고까지는 말하지 않았다. 그런데 아이가 쓴 일기를 보고 나는 뜻하지 않게 나의 추억 하나를 소환했다. 바로 학급문집에 있었던 '10문 10답'과 같은 글이 아이의 일기였기 때문이다. 그 시절의 나의 친구들도 특별히 쓸 것이 없어서 고민하다가 '나에 대한 10문 10답'을 썼었는데, 어쩌면 이 글감으로 글을 쓰게 되는 상황이 비슷할까? 데자뷔를 겪은 듯이 소름 돋는 순간이었다. 정작 나는 10문 10답 같은 글을 써 본 적이 없는데, 주변 사람들로 마치 내가 그런 글을 여러 번은 쓴 것 같은 느낌이 들었으니 말이다.

아이가 또 글감이 없다고 투덜거리던 어느 날에, 나는 아이에게 지금 생각나는 어떤 한 사람에 대해서 써 보라고 했다. 그 한 사람은 가족일 수도 있고, 친구일 수도 있고, 그 누구여도 상관없다. 아이는 친한 친구가 떠오른 날에는 친구에 대해서 썼고, 오늘 시청한 방송 프로그램에 나왔던 연예인이 생각나면 그 연예인에 대해서도 썼다. 특별한 일을 하지 않았지만, 어떤 한 사람에 대해서 생각하면서 쓴 일기가 오늘 나에게 가장 특별한 순간으로 기억된다. 늘 비슷한 하루가 반복될 수는 있지만 똑같은 날은 단 하루도 없다. 하루를 어떻게 기억하고 기록하냐에 따라 하루하루가 특별한 날이 될 수 있다.

그렇게 골똘히 생각해서 쓴 아이의 일기에는 다양한 사람들이 등장한다. 나는 의도적으로 아이에게 특정 인물을 떠올리게 하지 않았다. 그런데도 아이의 일기에 가장 많이 등장하는 인물은 '가족'이었다. 가장 가까이에서, 늘 함께하기 때문에 가장 많이 등장한다고 생각했었다. 그런데 학급문집 속의 '10문 10답' 질문에서도 꼭 빠지지 않았던 그 질문, 바로 '건우의 보물 1호는?'이라는 질문과 답을 보고 아이의 진심을 엿보았다. 그 대답은 기꺼이 '가족'이었고, 가족이 있기에 '행복하다'는 것으로 아이 나름의 충분한 이유가 일기장에 적혀 있었다. 물리적인 거리의 가까움이 아니라 심리적인, 정서적인 거리의 가까움이 '가족'이라는 글감의 잦은 등장의 이유였다. 사랑하는 사람들이 가족이고, 그 가족 속에서 사랑받고 인정받고자 하기에 아이의 눈과 마음은 가족을 향해 있었다.

그리고 가족 구성원 중에서 가장 많이 일기에 등장하는 인물은 바로 아이의 '동생'이다. 단순하게 동생을 다른 사람에게 소개하는 것을 전제로 쓰기도 하고, 동생을 떠올리며 오늘 있었던 일을 일기에 쓰기도 한다. 아이의 일기 속에 묘사된 동생은 자주 '비겁한 동생'으로 등장한다. 동생이 라는 이유로 주어지는 혜택들이 자기에게는 무척이나 억울한 차별로 느껴져 서러웠었나 보다. 동시에 아이의 관심과 애정은 누구보다도 '동생'에게로 향해 있었다.

[건우의 2학년 일기]
2021년 1월 4일 월요일 흐림
제목: 나, 이건우

나, 이건우는 키 130센티미터, 몸무게 29킬로그램.

나, 이건우의 특기는 종이접기. 싫어하는 것은 공부하기, 좋아하는 것은 놀기. 되고 싶은 것은 종이접기 크리에이터. 머리 모양은 짱구 머리.

나, 이건우는 소중하다.

2021년 1월 27일 수요일 흐림
제목: 내 동생 이건주

이건주는 밥을 늦게 먹어요. 6살이에요. 건주는 예쁘고 귀여운데 좀 못생겼어요. 건주는 저의 심부름꾼이자 장난꾸러기예요. 건주랑 같이 있을 때는 좋을 때도 있고 나쁠 때도 있어요. 이건주는 고맙고 좀 비겁한 동생이에요.

2021년 8월 23일 화요일 비
제목: 행복한 우리 가족 ㄱ행시

행복하다. 이유는

복권 1등도 아니고,

한이 맺힌 것을 푼 것도 아니다. 단지

우리 가족 때문이다. 우

리는 대립을 할 때도 있지만 행복할 때도 있다.

가족이라는 것은 원래 그렇다. 우리 가

족은 나의 보물 1호이다.

[건우의 3학년 일기]
2022년 2월 4일 월요일 흐림
제목: 건주는 고장내기 대왕

> 오늘 건주는 고장내기 대왕이라는 것을 확신했다. 왜냐하면 펜 모양 지우개를
> 고장 냈기 때문이다. 어떻게 고장 냈냐면 연필로 눌러 안 나오게 했다. 지난번
> 에도 자를 부순 것도 모자라 지우개를 고장 냈다. 나는 화가 나서 화를 냈다.
> 하지만 다행히 고쳐졌다. 지우개가 고쳐졌는데 고장 났다고 심하게 말한 게
> 좀 미안했다.

'이에요'와 '예요'

'이에요'는 '이다'의 어간인 '이–' 뒤에 설명, 의문을 나타내는 종결 어미 '–에요'가 붙은 말이다. '이에요'는 받침이 없는 체언 뒤에 붙을 때 '예요'로 줄여 쓸 수 있다.

'아니다'에는 어간 '아니–'에 어미 '–에요'가 직접 붙어, '아니에요(아녜요)'가 맞는 표기이다. '이에요'가 붙어서 줄어든 '아니예요'는 틀린 표기이다.

예) 받침이 있는 명사와 이름
- 장남이에요. (←장남+이에요)
- 저는 김영숙이에요. (←김영숙+이에요)

예) 받침이 없는 명사와 이름
- 친구예요. (←친구이에요←친구+이에요)
- 저는 건주예요. (←건주이에요←건주+이에요)
- 쟤는 영숙이예요. (←영숙이이에요←영숙이+이에요)

예) 아니다
- 내 것이 아니에요. (←아니–+–에요)

부수다 vs 부시다

'부수다'는 '유리창을 부쉈다.'와 같이 '단단한 물체를 여러 조각이 나게 두드려 깨뜨리다'라는 뜻일 때 쓴다. '부시다'는 '그릇을 물로 깨끗이 부셨다.'와 같이 '그릇 같은 것을 씻어 깨끗하게 하다'라는 뜻으로 쓴다. 아이의 일기에는 동생이 플라스틱으로 만든 자를 망가뜨렸다는 뜻으로 썼기 때문에 '부수다'가 적절한 표현이다.

이해심과 사랑

아이를 감정적으로 대하지 않고, 다정한 존중의 말로 타이르는 현명한 부모가 되고자 늘 다짐한다. 그런데 쉽지 않다. 믿음을 가지고 기다려 주는 따뜻한 부모가 되고자 항상 다짐한다. 역시나 쉽지 않다. 나도 '부모'라는 역할은 인생에서 처음인지라 실수도 하고 잘못도 하고 반성하며 하루하루 배우고 있다. 그런데 안타까운 것은 시간은 되돌릴 수 없고, 아이는 생각보다 빨리 큰다는 것이다. 부모의 생각이 깊고 넓어지는 속도보다 아이의 머리가 커지는 속도가 더 빠르다.

오늘도 엄마인 나는 아이를 문제집 한 장으로 다그쳤고 게으른 태도를 꾸짖었다. 금방이라도 울 것 같은 아이의 표정에 잔소리를 멈춘다. 얼마의 시간이 흘렀을까? 언제 그런 일이 있었나 싶을 정도로 해맑은 아이로 돌아온다. 그렇게 마음 아프게 혼이 나고도, 혹은 그보다 더한 어떤 순간을 겪고도 주저함이 없이 언제나 엄마의 품에 파고들어 사랑을 나눠주는 아이다. 부모가 생각하는 것보다 내 아이는 사람을 이해하고 사랑하는 마음이 훨씬 크다. 꿍함이 없이 꽤 통이 큰, 너그러운 마음을 가진 사람이다. 그리고 가족 구성원들끼리 때때로 갈등이 나타나고 다툼도 있지만, 그 또한 사랑의 범주 안에서 이루어지고 있는 애정의 한 모습임을 알고 있는 똑똑한 아이다.

길 정 숙

연계학습

내 아이에게 맞는 초등·중등·고등과정의 연계학습을 소개하는 책

도서 제목 및 부제 (가칭)

도서제목 : 연계 학습

부제 : 내 아이에게 맞는 초등. 중등. 고등과정의 연계학습을 소개하는 책

저자 소개

길정숙

- 대학입시 강사경력 20년의 실질적인 경험을 바탕으로 함.
- 결혼 후 공부방을 10년 경영하면서 유아. 초. 중. 고등 과정의 연계성을 경험으로 체득함.

기획 의도

- 이 책은 아이들 성향에 맞는 연계학습을 소개하고 있다.

특히 연계학습이 가장 중요하게 여겨지는 수학에 대해서 자세히 소개하고 있다.

학년마다 중요한 학습 포인트와 전반적인 독서교육에 대해서도 작가의 다양한 교육경험을 바탕으로 사례별로 설명하여 이해를 돕고 있다.

하지만 이 책은 선행학습과 조기교육이 아닌 적기교육을 말하고 있다.

아이들마다 발달 속도가 다르고 성향도 다르므로 "내 아이에 맞는 교육"을 강조하고 있다. 작가는 무엇보다 아이들의 학습 정서를 위해서 부모들의 "기다림"의 중요성을 말하고 있다.

주요 독자

- 유아기부터 아이의 학습을 안정적으로 시키고 싶은 부모.
- 단계별 학습에 문제가 있는 자녀를 둔 학부모.

• 초. 중. 고등과정 학습방향을 정확히 알고 자녀를 학습시키고자 하는 학부모.

■ **기획의 특징 및 차별성**

1. 조기교육이 아닌 내 아이에게 맞는 적기교육과 학습지도 강조.
• 유아기와 초등학교시기에 지나친 조기교육과 선행학습으로 청소년기 망가진 학습태도와 부모와의 갈등이 격화된다.
• 더딘 아이, 늦은 아이는 그 아이 속도에 맞춰 천천히 배경지식을 쌓아가면 어느 순간 학습적 역량을 키우게 된다.
• 학습은 심리적 요소가 많이 작용하는 정신적 작용이므로 아이의 마음부터 챙겨야 한다.

2. 학습의 기본이 되는 배경지식의 습득과정을 다양한 방법으로 소개.
• 수학의 경우 초등과정에서 교과서에서 배우는 기본개념의 의미를 다양한 활동을 통해 눈으로 직접 확인하고 그 의미를 자기화 시키는 과정을 꼭 거쳐야 한다.(학년 별 주요 개념 설명과 학습과정의 예를 들 수 있다)

3. 30년 경력의 노하우와 다양한 사례 제공
• 읽고 이해하기가 어려운 아이는 낭독으로.
• 전체적인 학습 부진 아이는 국어 공부부터.
• 고등 언어 영역은 중등 과학 사회 성적이 결정한다.

Contents

책을 펴내며_공부가 어려운 부모님들과 아이들에게

1장 내 아이 바로보기
• 아이에게 맞지 않는 공부방법으로 상처받는 우리아이.
• 있는 그대로의 내 아이 기질 인정하기.
• 공부 이전에 아이의 마음 챙기기, 기준 세우기.
• 더딘 아이 천천히, 차곡차곡.
• 빠른 아이 조심조심 끝까지 완주하기.
• 산만한 아이, 기복이 심한 내 아이 어쩌죠?
• 머리는 좋은 것 같은데...

2장 초. 중. 고 과정 과목별 연계학습 - 수학
• 연계의 끝판 왕 수학
• 수포자 ~ NO!
• 이해?, 암기?
• 드디어 시작된 문자 수학 – 중등 과정
• 고등과정을 준비하는 중등과정
• 고등수학 SOS

3장 초. 중. 고 과정 과목별 연계학습 - 영어
• 유아영어 어디까지?
• 아이야 내 한을 풀어다오 보여주기 식 유아영어 – 우리아이가 아파요.
• 초등영어와 중등영어의 근본적인 차이.

- 영어 학습의 목적을 분명히 하다.
- 초등단어 800, 중등단어 1200, 고등단어 3000 ～ 5000
- 중등은 문법, 고등은 독해
- 독해는 모국어가 기반이 된다.

4장 초. 중. 고 과정 과목별 연계학습 - 국어, 독서

- 모든 학습의 기초 - 모국어(국어)
- 유아기, 초등 저학년 독서 - 책이 좋아요.
- 책과 멀어지는 초등 고학년 - 친구들과 함께 읽어라.
- 청소년(중. 고등) 독서 - 내 꿈은 뭘까?
- 초등 저학년 국어 - 어휘의 확장.
- 초등 고학년 국어 - 공부로서의 국어
- 중등과정 국어 - 주요 개념 익히기
- 고등과정 국어 - 고전 때문에 고전하나요?
- 수능 언어 영역이란
- 고등 언어 영역은 중등 사회, 과학이 결정한다

5장 우리아이 솔루션(사례)

- 읽고 이해하는 능력이 부족한 아이는 낭독으로
- 전체적인 학습 부진 아는 국어부터
- 아이들이 좋아하는 학습만화 100% 활용법
- 집중을 못하나요?
- 핸드폰 규칙 정하기
- 예쁜 글씨, 정리된 글씨, 알아볼 수 있는 글씨
- 에빙하우스의 망각곡선을 이용한 복습법(학습법)

공부가 어려운 부모님들과 아이들에게.

학교를 다니면서 아르바이트로 시작된 과외가 나의 직업이 되었고, 결혼을 하면서 잠시 휴식기를 가졌지만 아이가 크면서 나는 자연스럽게 다시 공부방을 열고 계속 아이들 가르치는 일을 하고 있다.

한 직업에 30여년을 종사하다 보니 감히 이제는 '무언가 보인다'고 어렵게 말을 뗄 수 있게 되었다. 내가 가장 잘 하는 일, 내가 가장 잘 알고 있는 일, 그리고 내가 가장 좋아하는 일 - 모든 부모가 한 번쯤은 가슴앓이를 하는 "내 아이 공부"에 대해 말해 보려한다.

아이들을 가르치면서 내 아이가 있을 때와 없었을 때 아이들을 대하는 나의 마음이나 태도에 큰 변화가 생겼다.

내가 학부모가 되기 전에는 오로지 학업성취와 성적향상 이라는 목표를 두고 내가 맡은 아이의 성적을 올리기 위해 전념했다. 입시과외를 하면서 수학 등급을 올리기 위해 과감하게 국어수업을 시작하였고, 영어 독해에 어려움을 겪는 아이에게 한자어 학습을 병행하여 성적을 끌어 올렸다. 한과목 안에서의 학년별 연계성도 있지만 과목 간에도 깊은 연계가 있어 수학성적이 안 좋은 아이의 문제가 수학이 아닌 국어에 있을 수도 있고, 영어 독해의 문제가 근본적인 문해력의 문제일 수도 있다는 사실을 아이들을 가르치면서 깨우치게 되었다.

결혼을 하고 공부방을 시작하면서 그동안 알고 있던 초등. 중등. 고등 과정의 학습적 연계성뿐만 아니라 학습에 관한 부모와 자식 간의 갈등의 뿌리가 초등 과정에 있음을 알게 되었고, 결혼 전에는 이해하지 못했던 학부모의 마음과 부모와 자식 간의 갈등을 내 아이를 키우면서 가슴 깊이 이해하고 공감하게 되었다.

중등. 고등 과정에서 학습적인 어려움을 겪는 아이들이 많은데, 그 고통의 뿌리는 초등과정에 있다. 아이에게 맞지 않는 학습방법으로 인한 것과 과도한 조기교육과 선행학습으로 몸과 마음이 지친 아이는 학습적으로 흥미를 잃고 방황을 하게 된다.

사춘기가 찾아오고 그 동안의 지나친 학습에 대한 반항으로 부모와 갈등을 겪는 사이 학습결손이 발생하면 아이는 무기력 증에 빠져 더욱 방황하게 된다.

결국 초등과정에서 누적된 문제들이 중등. 고등과정에서 튀어나오는 것이다. 좀 더 안정된 학습과 부모와 아이 사이의 갈등을 줄이고 소통을 위해서라도 초등과정에서의 올바른 부모와의 관계수립과 학습습관을 기르는 것이 무엇보다 중요하다.

공부는 학습적인 면뿐만 아니라 심리적인 영향이 크다는 것을 인지한 나는 아이들을 좀 더 잘 이해하고자 청소년 교육학과에 편입하여 청소년 심리에 대한 공부를 하였다. 그 공부를 통해 아이들은 저마다 타고난 기질이 다르고, 이런 기질이 전혀 다른 아이들에게 똑같은 학습방법을 적용 시킬 수는 없다는 결론을 얻었고, 이제 나도 학부모가 되어 육아부터 관심을 가지고 아이들을 관찰하면서 "아이에 따라 학습방법을 달리해야 한다."는 확신이 서게 되었다.

대한민국 공교육은 '입시'라는 공동의 목표를 향해 대다수의 학생들이 달려가는 구조를 가지고 있다. 이런 공교육의 문제점은 시간의 지남에 따라 차차 좀 더 나은 방향으로 발전해야 한다고 믿는다. 하지만 그 변화 이전에 지금 교육을 받고 있는 아이들과 학부모들께 나의 경험적 지식을 나누고 싶다.

시중에는 수많은 학습서와 공부법에 관한 책들이 있다. 그 많은 책들 중에 내 책을 한 권 더 올리며 그 가치에 대하여 많은 고민을 하였다.

지금까지의 내 경험이 자녀의 학습 때문에 어려움을 겪고 있는 부모님들이나 아이들에게 미흡하나마 길잡이가 되었으면 하는 바람이다.

드디어 시작된 문자 수학 – 중등과정

초등학교 아이들이 중등과정 교재를 보면 처음 하는 말이 " 와 ~ 수학책에 영어가 왜 이렇게 많아요?"이다.

초등학생 눈에는 중등과정 수학책이 숫자와 영어가 뒤섞여 있는 이상한 책으로 여겨지는 것이다.

초등학생 입장에서는 어려운 수학과 영어가 뒤엉킨 중등과정 수학 교과 내용이 그 첫 인상부터 좋을 리가 만무하다.

중등 1학년 1학기 목차는 다음과 같다.

Ⅰ. 수와 연산
  1. 소인수 분해
  2. 정수와 유리수
  3. 유리수의 계산

Ⅱ. 방정식
  1. 문자의 식
  2. 일차 방정식의 풀이
  3. 일차 방정식의 활용

Ⅲ. 그래프와 비례

　1. 좌표 평면과 그래프

　2. 정비례와 반비례

Ⅰ. 수와 연산에서는 초등과정과 연계된 연산에 수의 확장이 이루어지고 그 확장된 수의 범위 안에서 그 규칙에 맞는 연산을 배우게 된다.

초등 5학년 과정의 최소 공배수와 최대 공약수 과정이 탄탄하게 자리 잡은 아이들은 새로 배우는 소인수 분해나 거듭 제곱에 별 어려움 없이 중등과정 Ⅰ단원을 시작 할 수 있다.

그러나 초등과정에서 분수의 사칙연산을 안정적으로 학습하였다고 해도 양수 부분에 머물러 있던 초등 수학과 달리 중등 수학의 범위가 음수까지 확장 되면서 연산에 커다란 변화가 일어난다. 음수와 관련된 새로운 사칙연산을 배우면서 기존에 알고 있던 사칙연산과 혼동이 일어나고 아이들이 이 과정을 힘들어 한다.

이 때 너무 어려운 수학책으로 학습을 하기 보다는 쉬운 책으로 문제를 반복적으로 푸는 것이 효과적이다.

오답을 고치고 복습하는 과정에서 오답을 줄이고 같은 문제집을 반복 하여 풀면서 연산과정을 숙달하는 것이 정확하고 빠른 연산을 익히는데 도움이 된다.

이 과정이 익숙해지면 아이에 따라 심화과정이나 다음 진도를 결정하면 된다.

Ⅱ. 방정식에서는 초등과정에서 "□"로 표시되던 미지수가 x, y, z... , a, b, c... , A,B,C... 등으로 다양한 미지수를 표현하게 된다. 이렇게 초등과정에서는 쓰지 않던 새로운 개념이나 용어들이 쏟아져 나온다.

Ⅱ. 방정식에서는 초등과정에서 "□"로 표시되던 미지수가 x, y, z... , a, b, c... , A,B,C... 등으로 다양한 미지수를 표현하게 된다. 이렇게 초등과정에서는 쓰지 않던 새로운 개념이나 용어들이 쏟아져 나온다.

항, 계수, 상수항, 1차식, 2차식 등... 새로운 연산과 새로운 용어를 익혀야
하는 중등과정 수학은 초등학생들에게는 낯설고 낯설 뿐이다.

   난 아이들을 가르치면서 학부모님이나 아이들이 수학에 대한 커다란
오해가 있다는 것을 알게 되었다. 그것은 수학을 이해의 학문이라고만
생각한다는 것이다.
   수학도 암기 할 것은 외워야 한다. 100Cm = 1m인 것은 암기가 먼저이다.
   어떤 과목도 해당 학습의 용어의 뜻이 무엇인지 그 의미가 무엇인지
모르고는 학습할 수 없다. 수학에서는 수학에 쓰이는 용어가 있고, 그것을
이해가 아닌 그 쓰임을 외우고 익혀야 하는 것이다. 그 다음이 이해하고,
이해가 깊어지면 확장하고 활용해 나가는 것이다.

   "우리 아이가 수학에 대한 이해력이 부족해요"
   "다른 과목은 잘 하는데 수학을 못해요. 수학 머리가 없나 봐요"
   "왜 수학을 저렇게 못할까요?" 등등
   중등과정 특히 문자와 식이 어려운 것은 갑자기 쏟아지는 새로운 개념과
용어들을 외울 것을 외우지 않고, 익힐 것을 익히지 않아서이다.
   외울 것은 외우고, 익혀야 할 것을 익히고 난 다음이 이해이다.
   난 이 부분을 설명 할 때 뜬금없이 신호등 이야기를 한다.
   "신호등은 어떤 색일 때 건너지?" – "초록색이요"
   "빨간 불일 때는 왜 안 건너는데?" – " 위험하니까요"
   "그래 맞아. 신호등에서 건널 때 무슨 색일 때 건너는지부터 배우지.
그리고 왜 그래야 하는지를 배우고"
   수학도 마찬가지로 일단 용어와 규칙을 배우고 그것이 확장되어 이해의
범위도 넘어 서는 것이다.

이제 용어와 개념을 암기시켜야 하는 이유를 알았다 해도 암기가 그리 쉬운 것은 아니다. 모든 아이가 암기를 잘 하는 것은 아니기 때문이다.

이러한 아이들을 도울 수 있는 것은 "단순화"이다.

용어를 너무 용어스럽게 접근하면 아이들은 그 낯설음에 더욱 힘들어한다.

새로 만난 친구 이름을 외우고 그 아이의 특징과 성격 등을 머릿속에 입력하듯 설명해 주면 아이들은 그 낯선 용어들의 받아들임에 대한 거부감이 조금이나마 줄어든다.

그리고 또 다른 방법도 있다.

수학은 규칙 안에서 벌어지는 자유로운 게임과도 같다 단, "주어진 규칙은 반드시 지켜야 한다." 이 때 아이들에게 수학용어는 게임에서의 캐릭터와 아이템의 사용방법과 별반 차이가 없음을 강조해 주는 것도 수학의 개념이 무엇인지, 정의가 무엇인지 이해에 도움을 주는 또 다른 방법이 될 수 있다.

이제 이해의 수학의 예를 들어 보자.

초등학교에서 배웠던 구구단은 2+2+2+2= 2×4=8 똑같은 2를 4번 더한 것을 곱셈으로 표현해 가는 과정이다.

이렇게 초등과정에서는 구체적인 두 식의 연산을 배웠다면 중등과정에서는 x+x+x+x = x×4 = 4x는 똑같은 x가 4번 더해지면 곱셈으로 4×x = 4x로 표현함을 배우는 것이다.

이제 저 x에는 수가 확장된 만큼 자유롭게 숫자를 대입해서 모든 경우에 쓰일 수 있음을 배우게 되는 것이다.

반드시 초등과정과 연계하여 아이들에게 개념을 이해시켜야 한다. 아이들이 간혹 중등과정의 연산을 무리 없이 하고 오답도 없으나 그 의미와 개념에 대한 이해가 없으면 결국 뒤 단원에 가서 활용을 못하게 되기 때문이다.

수의 연산이 문자의 연산으로 확장되고, 수의 범위가 확장되어 어떠한 경우에도 적용이 가능하게 됨을 이해하는 과정이 중등과정이다. 이 중등과정의 탄탄한 이해는 고등과정으로 가기 전에 익숙하게 숙달되어야 한다.

이것이 이해와 암기가 동시에 이루어지는 수학의 아주 간단한 예이다.

자전거 타는 법을 이론으로 알았다고 자전거를 탈 수 없는 것과 마찬가지로 방정식 푸는 법을 이해하고 알았다고 방정식을 빨리 풀 수 있는 것은 아니다.

수학자가 되려는 아이들을 제외한다면 대부분의 아이들이 수학학습의 궁극의 목적은 수능을 보고 내신을 잘 보기 위한 수학이다.

시험을 보기 위한 수학은 시간 안에 풀어내야 한다. 이해와 더불어 연습으로 속도를 더해야 하는 이유이다.

책과 멀어지는 초등 고학년, 친구들과 함께 읽어라.

유아기 아이들은 엄마가 책읽어주는 소리가 좋아 책을 좋아하기도 한다. 이 때의 아이들은 책도 가지고 노는 장난감 중의 하나이다. 다른 장난감과 차이가 있다면 엄마와 함께 놀면서 엄마도 좋아해 주는 장난감이라는 것이다.

이러한 책 중에서 아이들에게 애착 책이 생긴다. 이 책은 아이들에게 애착 인형이나 이불처럼 옆에 꼭 두어야 하고 엄마에게 수십 번 읽어 달라고 해서 결국 외워 버리게 된다.

그러던 어느 날 외운 책을 손가락으로 짚어가며 책을 읽는 모습을 보여 준다.

이런 모습을 보고 부모들은 아이가 스스로 글을 깨우쳤다고 크게 기뻐한다. 간혹 이러한 과정을 거쳐 글을 깨우치는 아이도 있지만 즐거운 해프닝으로 끝나는 경우가 대부분이다.

대부분의 아이들은 이러한 과정에서 낱글자를 배우고 익혀서 스스로 책을 읽기 시작한다.

이것이 초등 저학년의 읽기 독립이 시작되는 과정이다.

초등학교 도서관에서 6년간 도서 도우미를 하였다.

도서관에 와서 책을 보고 대출을 해 가는 아이들은 초등 1, 2, 3학년에 집중되어 있다.

초등 4학년부터는 책을 빌려가는 아이들이 현저하게 줄어든다.

초등 고학년이 되면 거의 모든 아이들이 핸드폰을 가지게 된다. 핸드폰의 자극적인 영상에 노출된 아이들은 긴 호흡으로 읽어가는 책을 어려워한다.

초등 4학년 국어 교과과정을 보면 글밥이 확연하게 늘어나 있음을 알 수 있다. 짧은 줄글과 그림책을 보던 초등 저학년에서 글밥이 많은 책으로 넘어가야 하는 초등 고학년 시기에 아이들은 어려워진 공부를 따라잡기 위해 학원을 본격적으로 다니기 시작하는 시기이기도 하다.

핸드폰과 어려워진 학습을 위한 학원이 늘어나면서 아이들은 책 읽는 시간이 점점 줄어든다.

이 시기에 책읽기를 계속 시키고자 하는 부모 욕심에 아이들을 논술학원에 보내기도 한다. 그 곳에서 효과를 보는 아이도 간혹 있지만 대부분의 아이들은 논술학원에 다님에도 크게 독서력이 늘어나는 경우는 드물다. 이유는 독서라는 과정이 의식적인 글 읽기를 통해서 논리적인 사고가 이루어져야 하는데 억지로 떠밀려서 가게 된 학원에서는 능동적인 독서 활동이 이루어지지 못하기 때문이다. 더욱이 학원에서 책을 읽고 이루어지는 독후 활동지 작성으로 아이도 부모도 책을 읽었다는 착각에 빠지게 된다. 이것은 오히려 독이 되어 아이의 독서습관을 망치게 된다.

그럼 초등 고학년에 어떻게 아이들을 의식적이고 능동적인 독서를 시킬수 있을까?

독서가 재미있어야 한다.

책읽기 과정이 즐거워야 한다.

이 시기 아이들은 친구를 무척 좋아한다. 친구와 함께 하는 모든 일은 놀이가 된다.

소그룹으로 아이들을 모아 독서 동아리를 만들고, 독서토론 형식으로 책 읽기를 하는 것이다.

요즘 도서관이나 복지관에 이러한 동아리 모임을 지원하는 프로그램들이 많이 있어, 동아리 신청을 하면 장소를 빌려주기도 하고 일정부분 지원도

해 주고 있다.

동아리 진행에서 책선정은 아이들이 스스로 하는 것이 좋다. 스스로 고른 책에 대해서 아이들의 능동적인 독서가 이뤄지기 때문이다.

일주일에 1권, 가능하면 같은 책을 읽고 난 후 아이들에게 짧은 퀴즈 형식의 질문을 5~10개 만들어 오게 한다. 이렇게 하면 아이들은 질문을 만들기 위해서 책을 더 자세히 읽게 된다.

자신이 고른 책으로 동아리가 진행되는 날, 그 책을 고른 아이가 전체적인 줄거리를 간단하게 다른 아이들에게 이야기 형식으로 말해주게 한다. 이 모든 과정을 아이들이 부담을 느끼지 않도록 오픈 북 형태로 진행한다.

이 모든 과정이 안정적으로 진행이 되면 질문을 만들 때 "....은 왜 그랬을까?"를 넣어 질문을 만들게 하여 좀 더 책을 생각하며 읽게 한다.

아이들이 만들어 온 질문으로 서로 질문하고 답하면서 그 과정을 통해 같은 생각엔 공감하고 다른 생각은 서로 공유하면서 사고를 확장하게 된다.

같은 책을 읽어도 다양한 의견이 있음을 배워가면서 타인의 다른 사고에 대해 인정함도 함께 배워갈 수 있다.

아이들이 지루해 하는 날은 쪽지에 질문을 적어 뽑기 형태로 쪽지를 보고 발표하는 형태로 동아리 수업을 바꿔보는 것도 재미있다. 거기에 상품까지 걸린다면 아이들의 적극적인 참여를 유도할 수 있다.

상품으로는 아이들이 좋아하는 젤리나 사탕 등 무겁지 않은 것이 좋다.

이 때, 약간 느린 아이들을 배려하기 위해 뽑기 순번을 조정하는 방법으로 모임의 모든 아이들이 골고루 참여 할 수 있도록 주의해야 한다.

또 다른 형태는 자기가 고른 책을 그 친구가 소개하고 모든 과정을 진행하는 일일 선생님을 하는 형태로 발전시키면 아이들의 발표력까지 늘리는 효과를 보게 된다.